U0477229

最是那一低头的温柔，

像一朵水莲花不胜凉风的娇羞。

徐志摩诗选

Xu Zhi Mo Shi Xuan

新月派的一个代表诗人
上世纪唯美、文艺男神的经典诗作

徐志摩／著

—名家名作·诗文经典—

民主与建设出版社
·北京·

图书在版编目（CIP）数据

徐志摩诗选 / 徐志摩著 ; 凌翔主编 . -- 北京 : 民主与建设出版社 , 2019.1

ISBN 978-7-5139-0989-1

Ⅰ . ①徐… Ⅱ . ①徐… ②凌… Ⅲ . ①诗集 — 中国 — 现代 Ⅳ . ① I226

中国版本图书馆 CIP 数据核字（2018）第 293868 号

徐 志 摩 诗 选

XUZHIMO SHIXUAN

出 版 人 李声笑
著　　者 徐志摩
主　　编 凌 翔
责任编辑 刘树民
封面设计 刘明彬
出版发行 民主与建设出版社有限责任公司
电　　话 （010）59417747 59419778
社　　址 北京市海淀区西三环中路 10 号望海楼 E 座 7 层
邮　　编 100142
印　　刷 三河市天润建兴印务有限公司
版　　次 2019 年 1 月第 1 版
印　　次 2019 年 1 月第 1 次印刷
开　　本 880mm × 1230mm 1/32
印　　张 10
字　　数 200 千字
书　　号 ISBN 978-7-5139-0989-1
定　　价 39.80 元

注：如有印、装质量问题，请与出版社联系。

前言

徐志摩（1897—1931 年），浙江嘉兴人，现代诗人、散文家，新月派代表诗人，代表作品有《再别康桥》《翡冷翠的一夜》等，在中国文坛颇有影响力。

徐志摩家境优裕，曾进入家塾读书，打下了深厚的古文根底。1910 年，14 岁的徐志摩离开家乡，考入杭州府中学堂，与郁达夫、厉麟似同班。1915 年，徐志摩从浙江一中毕业。同年，由家庭包办，徐志摩与张幼仪结婚。1917 年，徐志摩转入北大就读。期间，他广交朋友，结识名流，拜梁启超为老师，并亲身感受了军阀混战的场景。1918 年，徐志摩赴美国留学，接触了更为广泛的哲学思想和政治学知识。1920 年，徐志摩受到英国哲学家罗素的吸引，前往英国。期间，他结识了林长民及其女儿林徽因，并由林长民介绍，认识了英国作家狄更斯。1921 年，在狄更斯的介绍和推荐下，徐志摩进入剑桥大学学习。在欧美浪漫主义和唯美派诗人的熏陶下，徐志摩开始创作新诗。这个时期，也孕育了他的政治观念和社会理想。1923 年，徐志摩与胡适等人创办新月社。1926 年，徐志摩担任《晨报》副刊《诗镌》的主编，同年与陆小曼移居上海。1928 年，徐志摩一边在大学担任教授工作，一边创办《新月》月刊，同年作《再别康桥》。1931年，徐志摩搭乘飞机北上，不幸罹难，年仅34岁。

徐志摩一生创作颇丰，有诗集《志摩的诗》《猛虎集》《云游》等；散文集《落叶》《自剖》《巴黎的鳞爪》等，此外还有小说集、戏剧、日记、译著等作品问世。其中以诗歌的成就最高。他的诗歌柔美清丽、韵律和谐；颂扬理想，表达对爱情、自由、美的追求，极具浪漫主义色彩。另外，他的诗歌敢于突破古典的抒情方式，并揉入西方的各种思潮，还大胆地创造新的体式，为新诗开拓新的格律。他的探索阻止了新诗向形式散漫、内容空泛的方向发展，使新诗的内容更具思想深度，为新诗的发展做出了一定的贡献。除此之外，他的诗歌意境优美、韵律多变、想象清奇，开拓了读者的审美想象空间。因此，他的诗歌深受读者的喜爱，影响至今不衰。

本书精选了徐志摩的代表诗集《志摩的诗》《翡冷翠的一夜》《猛虎集》《云游》等汇编成册，集中展现了徐志摩的艺术风格和创作特色。愿读者能从中感受徐志摩诗歌的独特魅力，体会诗歌之美，享受阅读，享受快乐生活。

目录

志摩的诗

—— 翡冷翠的一夜 ——

——— 猛虎集 ———

—— 云 游 ——

—— 集外集 ——

志摩的诗

雪花的快乐

假如我是一朵雪花，
翩翩的在半空里潇洒，
我一定认清我的方向——
飞飏，飞飏，飞飏——
这地面上有我的方向。

不去那冷寞的幽谷，
不去那凄清的山麓，
也不上荒街去惆怅——
飞飏，飞飏，飞飏——
你看，我有我的方向！

在半空里娟娟的飞舞，
认明了那清幽的住处，

等着她来花园里探望——

飞飏，飞飏，飞飏——

啊，她身上有朱砂梅的清香！

那时我凭借我的身轻，

盈盈的，沾住了她的衣襟，

贴近她柔波似的心胸——

消溶，消溶，消溶——

溶入了她柔波似的心胸！

（本诗作于1924年12月30日，

发表于1925年1月17日《现代评论》第1卷第6期）

沙扬娜拉十八首[①]

一

我记得扶桑海上的朝阳，
黄金似的散布在扶桑的海上；
我记得扶桑海上的群岛，
翡翠似的浮沤在扶桑的海上——
沙扬娜拉！

①这是组诗，每首诗内容相关却又相互独立。

二

趁航在轻涛间，悠悠的，

我见有一星星古式的渔舟，

像一群无忧的海鸟，

在黄昏的波光里息羽优游，

沙扬娜拉！

三

这是一座墓园；谁家的墓园

占尽这山中的清风，松馨与流云？

我最不忘那美丽的墓碑与碑铭，

墓中人生前亦有山风与松馨似的清明——

沙扬娜拉！（神户山中墓园）

四

听几折风前的流莺，

看阔翅的鹰鹞穿度浮云，

我倚着一本古松瞑眸：

问墓中人何似墓上人的清闲？——

沙扬娜拉！（神户山中墓园）

五

健康，欢欣，疯魔，我羡慕

你们同声的欢呼“阿罗呀喈”！

我欣幸我参与这满城的花雨，

连翩的蛱蝶飞舞，“阿罗呀喈”！

沙扬娜拉！（大阪典祝）

六

增添我梦里的乐音——便如今——

一声声的木屐，清脆，新鲜，殷勤，

又况是满街艳丽的灯影，

灯影里欢声腾跃，“阿罗呀喈”！

沙扬娜拉！（大阪典祝）

七

仿佛三峡间的风流，

保津川有青嶂连绵的锦绣；

仿佛三峡间的险巇，

飞沫里趁急矢似的扁舟——

沙扬娜拉！（保津川急湍）

八

度一关湍险，驶一段清涟，
清涟里有青山的倩影；
撑定了长篙，小驻在波心，
波心里看闲适的鱼群——
沙扬娜拉！（同前）

九

静！且停那桨声胶爱，
听青林里嘹亮的欢欣，
是画眉，是知更？像是滴滴的香液，
滴入我的苦渴的心灵——
沙扬娜拉！（同前）

十

“乌塔”：莫讪笑游客的疯狂，
舟人，你们享尽山水的清幽，
喝一杯“沙鸡”，朋友，共醉风光，
“乌塔，乌塔”！山灵不嫌粗鲁的歌喉——
沙扬娜拉！（同前）

十一

我不辨——辨亦无须——这异样的歌词，
像不逞的波澜在岩窟间吽嘶，
像衰老的武士诉说壮年时的身世，
“乌塔乌塔”！我满怀滟滟的遐思——
沙扬娜拉！（同前）

十二

那是杜鹃！她绣一条锦带，
迤逦着那青山的青麓；
啊，那碧波里亦有她的芳躅，
碧波里掩映着她桃蕊似的娇怯——
沙扬娜拉！（同前）

十三

但供给我沉酣的陶醉，
不仅是杜鹃花的幽芳；
倍胜于娇柔的杜鹃，
最难忘更娇柔的女郎！
沙扬娜拉！

十四

我爱慕她们体态的轻盈，

妩媚是天生，妩媚是天生！

我爱慕她们颜色的调匀，

蝴蝶似的光艳，蛱蝶似的轻盈——

沙扬娜拉！

十五

不辜负造化主的匠心，

她们流眄中有无限的殷勤；

比如薰风与花香似的自由，

我餐不尽她们的笑靥与柔情——

沙扬娜拉！

十六

我是一只幽谷里的夜蝶：
在草丛间成形，在黑暗里飞行，
我献致我翅羽上美丽的金粉，
我爱恋万万里外闪亮的明星——
沙扬娜拉！

十七

我是一只酣醉了的花蜂：
我饱啜了芬芳，我不讳我的猖狂：
如今，在归途上嘤嗡着我的小嗓，
想赞美那别样的花酿，我曾经恣尝——
沙扬娜拉！

十八

最是那一低头的温柔，

像一朵水莲花不胜凉风的娇羞，

道一声珍重，道一声珍重，

那一声珍重里有蜜甜的忧愁——

沙扬娜拉！

（此组诗作于1924年5~6月随泰戈尔访日期间）

去　罢

去罢，人间，去罢！
我独立在高山的峰上；
去罢，人间，去罢！
我面对着无极的穹苍。

去罢，青年，去罢！
与幽谷的香草同埋；
去罢，青年，去罢！
悲哀付与暮天的群鸦。

去罢，梦乡，去罢！
我把幻景的玉杯摔破；
去罢，梦乡，去罢！
我笑受山风与海涛之贺。

去罢，种种，去罢！
当前有插天的高峰；
去罢，一切，去罢！
当前有无穷的无穷！

（本诗作于1924年5月20日，
1924年载于《小说月报》第15卷第4号，
后又载于《晨报副刊》）

为要寻一个明星

我骑着一匹拐腿的瞎马，
向着黑夜里加鞭——
向着黑夜里加鞭，
我跨着一匹拐腿的瞎马。

我冲入这黑绵绵的昏夜，
为要寻一颗明星——
为要寻一颗明星，
我冲入这黑茫茫的荒野。

累坏了，累坏了我胯下的牲口，
那明星还不出现——
那明星还不出现，
累坏了，累坏了马鞍上的身手。

这回天上透出了水晶似的光明，

荒野里倒着一只牲口，

黑夜里躺着一具尸首——

这回天上透出了水晶似的光明！

（本诗作于 1924 年 11 月 23 日，

载于 1924 年 12 月 1 日《晨报六周年纪念增刊》）

月下雷峰影片

我送你一个雷峰塔影，
满天稠密的黑云与白云；
我送你一个雷峰塔顶，
明月泻影在眠熟的波心。

深深的黑夜，依依的塔影，
团团的月彩，纤纤的波鳞——
假如你我荡一只无遮的小艇，
假如你我创一个完全的梦境！

（本诗作于1923年9月26日）

一星弱火

我独坐在半山的石上，
看前峰的白云蒸腾，
一只不知名的小雀，
嘲讽着我迷惘的神魂。

白云一饼饼的飞升，
化入了辽远的无垠；
但在我逼仄的心头，啊，
却凝敛着惨雾与愁云！

皎洁的晨光已经透露，
洗净了青屿似的前峰；
像墓墟间的磷光惨淡，
一星的微焰在我的胸中。

但这惨淡的弱火一星，
照射着残骸与余烬，
虽则是往迹的嘲讽，
却绵绵的长随时间进行！

（本诗作于 1925 年 8 月之前）

难　得

难得，夜这般的清静，
难得，炉火这般的温，
更是难得，无言的相对，
一双寂寞的灵魂！

也不必筹营，也不必详论，
更没有虚骄，猜忌与嫌憎，
只静静的坐对着一炉火，
只静静的默数远巷的更。

喝一口白水，朋友，
滋润你的干裂的口唇；
你添上几块煤，朋友，
一炉的红焰感念你的殷勤。

在冰冷的冬夜，朋友，
人们方始珍重难得的炉薪；
在这冰冷的世界，
方始凝结了少数同情的心！

（本诗约作于1925年8月之前）

古怪的世界

从松江的石湖塘
上车来老妇一双
颤巍巍的承住弓形的老人身，
多谢（我猜是）普渡山的盘龙藤：

青布棉袄，黑布棉套，
头毛半秃，齿牙半耗：
肩挨肩的坐落在阳光暖暖的窗前，
畏葸的，呢喃的，像一对寒天的老燕；

震震的干枯的手背，
震震的皱缩的下颏：
这二老！是妯娌，是姑嫂，是姊妹？——
紧挨着，老眼中有伤悲的眼泪！

怜悯！贫苦不是卑贱，
老衰中有无限庄严——
老年人有什么悲哀，为什么凄伤？
为什么在这快乐的新年，抛却家乡？

同车里杂沓的人声，
轨道上疾转着车轮；
我独自的，独自的沉思这世界古怪——
是谁吹弄着那不调谐的人道的音籁？

（本诗原载于1924年《晨报六周年纪念增刊》）

她是睡着了

她是睡着了——
星光下一朵斜欹的白莲；
她入梦境了——
香炉里袅起一缕碧螺烟。

她是眠熟了——
涧泉幽抑了喧响的琴弦；
她在梦乡了——
粉蝶儿，翠蝶儿，翻飞的欢恋。

停匀的呼吸：
清芬渗透了她的周遭的清氛；
有福的清氛，
怀抱着，抚摩着，她纤纤的身形！

奢侈的光阴!
静，沙沙的尽是闪亮的黄金，
平铺着无垠——
波鳞间轻漾着光艳的小艇。

醉心的光景：
给我披一件彩衣，啜一坛芳醴，
折一枝藤花，
舞，在葡萄丛中，颠倒，昏迷。

看呀，美丽!
三春的颜色移上了她的香肌，
是玫瑰，是月季，
是朝阳里的水仙，鲜妍，芳菲!

梦底的幽秘，
挑逗着她的心——纯洁的灵魂——
像一只蜂儿，
在花心恣意的唐突——温存。

童真的梦境!
静默；休教惊断了梦神的殷勤；

抽一丝金络，
抽一丝银络，抽一丝晚霞的紫曛；

玉腕与金梭，
织缣似的精审，更番的穿度——
化生了彩霞，
神阙，安琪儿的歌，安琪儿的舞。

可爱的梨涡，
解释了处女的梦境的欢喜，
像一颗露珠，
颤动的，在荷盘中闪耀着晨曦！

（本诗约作于1925年初夏）

问　谁

问谁？啊，这光阴的播弄
问谁去声诉，
在这冻沉沉的深夜，凄风
吹拂她的新墓？

“看守，你须用心的看守，
这活泼的流溪，
莫错过，在这清波里优游，
青脐与红鳍！”

无声的私语在我的耳边
似曾幽幽的吹嘘，——
像秋雾里的远山，半化烟，
在晓风前卷舒。

因此我紧揽着我生命的绳网，
像一个守夜的渔翁，
兢兢的，注视着那无尽流的时光——
私冀有彩鳞掀涌。
但如今，如今只余这破烂的渔网——
嘲讽我的希冀，
我喘息的怅望着不复返的时光：
泪依依的憔悴！

又何况在这黑夜里徘徊：
黑夜似的痛楚：
一个星芒下的黑影凄迷——
留恋着一个新墓！

问谁……我不敢怆呼，怕惊扰
这墓底的清淳；
我俯身，我伸手向她搂抱——
啊，这半潮润的新坟！

这惨人的旷野无有边沿，
远处有村火星星，
丛林中有鸱鸮在悍辩——
此地有伤心，只影！

这黑夜，深沉的，环包着大地；
笼罩着你与我——

你，静凄凄的安眠在墓底；
我，在迷醉里摩挲！

正愿天光更不从东方
按时的泛滥：
我便永远依偎着这墓旁——
在沉寂里消幻——

但青曦已在那天边吐露，
苏醒的林鸟，
已在远近间相应喧呼——
又是一度清晓。

不久，这严冬过去，东风
又来催促青条：
便妆缀这冷落的墓宫，
亦不无花草飘摇。

但为你，我爱，如今永远封禁
在这无情的地下——
我更不盼天光，更无有春信：
我的是无边的黑夜！

（本诗约作于 1924 年秋）

在那山道旁

在那山道旁，一天雾蒙蒙的朝上，
初生的小蓝花在草丛里窥觑，
我送别她归去，与她在此分离，
在青草里飘拂，她的洁白的裙衣。

我不曾开言，她亦不曾告辞，
驻足在山道旁，我暗暗的寻思；
“吐露你的秘密，这不是最好时机？”——
露湛的小草花，仿佛恼我的迟疑。

为什么迟疑，这是最后的时机，
在这山道旁，在这雾茫的朝上？
收集了勇气，向着她我旋转身去——
但是啊！为什么她这满眼凄惶？

我咽住了我的话，低下了我的头：
火灼与冰激在我的心胸间回荡，
啊，我认识了我的命运，她的忧愁——
在这浓雾里，在这凄清的道旁！

在那天朝上，在雾茫茫的山道旁，
新生的小蓝花在草丛里睥睨，
我目送她远去，与她从此分离——
在青草间飘拂，她那洁白的裙衣！

（本诗原载于1924年12月15日《晨报·文学旬刊》）

为 谁

这几天秋风来得格外尖厉：
我怕看我们的庭院，
树叶伤鸟似的猛旋，
中着了无形的利箭——
没了，全没了：生命，颜色，美丽！

就剩下西墙上的几道爬山虎：
它那豹斑似的秋色，
忍熬着风拳的打击，
低低的喘一声乌邑——
“我为你耐着！”它仿佛对我声诉。

它为我耐着，那艳色的秋萝，
但秋风不容情的追，

追，（摧残是它的恩惠！）
追尽了生命的余辉——
这回墙上不见了勇敢的秋萝！

今夜那清光的三星在天上
倾听着秋后的空院，
悄悄的，更不闻呜咽：
落叶在泥土里安眠——
只我在这深夜，啊，为谁凄惘？

（本诗作于1925年8月之前）

不再是我的乖乖

一

前天我是一个小孩，
这海滩最是我的爱；
早起的太阳赛如火炉，
趁暖和我来做我的工夫：
捡满一衣兜的贝壳，
在这海沙上起造宫阙：
哦，这浪头来得凶恶，
冲了我得意的建筑——
我喊一声海，海！
你是我小孩儿的乖乖！

二

昨天我是一个“情种”，
到这海滩上来发疯；
西天的晚霞慢慢的死，
血红变成姜黄，又变紫，
一颗星在半空里窥伺，
我匐伏在沙堆里画字，
一个字，一个字，又一个字，
谁说不是我心爱的游戏？
我喊一声海，海！
不许你有一点儿的更改！

三

今天！咳，为什么要有今天？
不比从前，没了我的疯癫，
再没有小孩时的新鲜，
这回再不来这大海的边沿！
头顶不见天光的方便，

海上只暗沉沉的一片，
暗潮侵蚀了沙字的痕迹，
却不冲淡我悲惨的颜色——
我喊一声海，海！
你从此不再是我的乖乖！

（本诗原载于1925年1月11日《京报副刊》）

这是一个懦怯的世界

这是一个懦怯的世界；
容不得恋爱，容不得恋爱！
披散你的满头发，
赤露你的一双脚；
跟着我来，我的恋爱，
抛弃这个世界
殉我们的恋爱！

我拉着你的手，
爱，你跟着我走；
听凭荆棘把我们的脚心刺透，
听凭冰雹劈破我们的头，
你跟着我走，
我拉着你的手，

逃出了牢笼，恢复我们的自由！
跟着我来，
我的恋爱！
人间已经掉落在我们的后背——
看呀，这不是白茫茫的大海？
白茫茫的大海，
白茫茫的大海，
无边的自由，我与你与恋爱！

顺着我的指头看，
那天边一小星的蓝——
那是一座岛，岛上有青草，
鲜花，美丽的走兽与飞鸟；
快上这轻快的小艇，
去到那理想的天庭——
恋爱，欢欣，自由——辞别了人间，永远！

（本诗作于1925年2月）

多谢天！我的心又一度的跳荡

多谢天！我的心又一度的跳荡，
这天蓝与海青与明洁的阳光
驱净了梅雨时期无欢的踪迹，
也散放了我心头的网罗与纽结，
像一朵曼陀罗花英英的露爽，
在空灵与自由中忘却了迷惘——
迷惘，迷惘！也不知来自何处，
囚禁着我心灵的自然的流露，
可怖的梦魇，黑夜无边的惨酷，
苏醒的盼切，只增剧灵魂的麻木！
曾经有多少的白昼，黄昏，清晨，
嘲讽我这蚕茧似不生产的生存？
也不知有几遭的明月，星群，晴霞，
山岭的高亢与流水的光华……

辜负！辜负自然界叫唤的殷勤，
惊不醒这沉醉的昏迷与顽冥！

如今，多谢这无名的博大的光辉，
在艳色的青波与绿岛间萦回，
更有那渔船与航影，亭亭的粘附
在天边，唤起辽远的梦景与梦趣：
我不由的惊悚，我不由的感愧
（有时微笑的妩媚是启悟的棒槌！）
是何来倏忽的神明，为我解脱
忧愁，新竹似的豁裂了外箨，
透露内裹的青篁，又为我洗净
障眼的盲翳，重见宇宙间的欢欣。

这或许是我生命重新的机兆；
大自然的精神！容纳我的祈祷，
容许我的不踌躇的注视，容许
我的热情的献致，容许我保持
这显示的神奇，这现在与此地，
这不可比拟的一切间隔的毁灭！
我更不问我的希望，我的惆怅，
未来与过去只是渺茫的幻想，
更不向人间访问幸福的进门，

只求每时分给我不死的印痕——
变一颗埃尘，一颗无形的埃尘，
追随着造化的车轮，进行，进行……

（本诗作于 1925 年 8 月之前）

我有一个恋爱

我有一个恋爱——
我爱天上的明星；
我爱它们的晶莹：
人间没有这异样的神明。

在冷峭的暮冬的黄昏，
在寂寞的灰色的清晨。

在海上，在风雨后的山顶——
永远有一颗，万颗的明星！

山涧边小草花的知心，
高楼上小孩童的欢欣，
旅行人的灯亮与南针——

万万里外闪烁的精灵！

我有一个破碎的魂灵，
像一堆破碎的水晶，
散布在荒野的枯草里——
饱啜你一瞬瞬的殷勤。
人生的冰激与柔情，
我也曾尝味，我也曾容忍；
有时阶砌下蟋蟀的秋吟，
引起我心伤，逼迫我泪零。

我袒露我的坦白的胸襟，
献爱与一天的明星；
任凭人生是幻是真，
地球存在或是消泯——
大空中永远有不昧的明星！

（本诗作于1925年8月之前）

石虎胡同七号[1]

我们的小园庭，有时荡漾着无限温柔：
善笑的藤娘，袒酥怀任团团的柿掌绸缪，
百尺的槐翁，在微风中俯身将棠姑抱搂，
黄狗在篱边，守候睡熟的珀儿，它的小友，
小雀儿新制求婚的艳曲，在媚唱无休——
我们的小园庭，有时荡漾着无限温柔。

我们的小园庭，有时淡描着依稀的梦景；
雨过的苍茫与满庭荫绿，织成无声幽冥，
小蛙独坐在残兰的胸前，听隔院蚓鸣，
一片化不尽的雨云，倦展在老槐树顶，

①石虎胡同七号：指北京西单牌楼石虎胡同七号，是北京松坡图书馆旧址，徐志摩曾经在这里工作。

掠檐前作圆形的舞旋，是蝙蝠，还是蜻蜓？
我们的小园庭，有时淡描着依稀的梦景。

我们的小园庭，有时轻喟着一声奈何；
奈何在暴雨时，雨槌下捣烂鲜红无数，
奈何在新秋时，未凋的青叶惆怅地辞树，
奈何在深夜里，月儿乘云艇归去，西墙已度，
远巷薤露的乐音，一阵阵被冷风吹过——
我们的小园庭，有时轻喟着一声奈何。

我们的小园庭，有时沉浸在快乐之中；
雨后的黄昏，满院只美荫，清香与凉风，
大量的蹇翁，巨樽在手，蹇足直指天空，
一斤，两斤，杯底喝尽，满怀酒欢，满面酒红，
连珠的笑声中，浮沉着神仙似的酒翁——
我们的小园庭，有时沉浸在快乐之中。

（本诗作于 1923 年 7 月，
原载于 1923 年 8 月 6 日《文学周报》第 82 期）

先生！先生！

钢丝的车轮
在偏僻的小巷内飞奔——
“先生，我给先生请安您哪，先生。”

迎面一蹲身，
一个单布褂的女孩颤动着呼声——
雪白的车轮在冰冷的北风里飞奔。

紧紧的跟，紧紧的跟，
破烂的孩子追赶着铄亮的车轮——
“先生，可怜我一大化吧，善心的先生！”

“可怜我的妈，
她又饿又冻又病，躺在道儿边直呻——

您修好，赏给我们一顿窝窝头，您哪，
先生！”

“没有带子儿，”
坐车的先生说，车里戴大皮帽的先生——
飞奔，急转的双轮，紧追，小孩的呼声。

一路旋风似的土尘，
土尘里飞转着银晃晃的车轮——
“先生，可是您出门不能不带钱您哪，先生。”

“先生！……先生！”
紫涨的小孩，气喘着，断续的呼声——
飞奔，飞奔，橡皮的车轮不住的飞奔。

飞奔……先生……
飞奔……先生……
先生……先生……先生……

（本诗作于1923年，
原载于1923年12月11日《晨报·文学旬刊》第20号）

叫化活该

“行善的大姑，修好的爷，”
西北风尖刀似的猛刺着他的脸，
“赏给我一点你们吃剩的油水吧！”
一团模糊的黑影，挨紧在大门边。

“可怜我快饿死了，发财的爷！”
大门内有欢笑，有红炉，在玉杯；
“可怜我快冻死了，有福的爷！”
大门外西北风笑说，“叫化活该！”

我也是战栗的黑影一堆，
蠕伏在人道的前街；
我也只要一些同情的温暖，
遮掩我的剐残的余骸——

但这沉沉的紧闭的大门：谁来理睬；
街道上只冷风的嘲讽，“叫化活该”！

（本诗作于1923年冬，
原载于1924年12月1日《晨报六周年纪念增刊》）

谁知道

我在深夜里坐着车回家——
一个褴褛的老头他使着劲儿拉；
天上不见一个星，
街上没有一只灯：
那车灯的小火
冲着街心里的土——
左一个颠簸，右一个颠簸，
拉车的走着他的踉跄步；
……

“我说拉车的，这道儿哪儿能这么的黑？”
“可不是先生？这道儿真——真黑！”
他拉——拉过了一条街，穿过了一座门，
转一个弯，转一个弯，一般的暗沉沉——

天上不见一个星，
街上没有一个灯，
那车灯的小火
蒙着街心里的土——
左一个颠簸，右一个颠簸，
拉车的走着他的踉跄步；
……

“我说拉车的，这道儿哪儿能这么的静？”
“可不是先生？这道儿真——真静！”
他拉——紧贴着一垛墙，长城似的长，
过一处河沿，转入了黑遥遥的旷野；——
天上不露一颗星，
道上没有一只灯：
那车灯的小火
晃着道儿上的土——
左一个颠簸，右一个颠簸，
拉车的走着他的踉跄步；
……

“我说拉车的，怎么这儿道上一个人都不见？”
“倒是有，先生，就是您不大瞧得见！”

我骨髓里一阵子的冷——
那边青缭缭的是鬼还是人？
仿佛听着呜咽与笑声——
啊，原来这遍地都是坟！
天上不亮一颗星，
道上没有一只灯：
那车灯的小火
缭着道儿上的土——
左一个颠簸，右一个颠簸，
拉车的跨着他的踉跄步；
……

“我说——我说拉车的喂！这道儿哪……哪儿有这儿远？”

“可不是先生？这道儿真——真远！”

“可是……你拉我回家……你走错了道儿没有？”

“谁知道先生！谁知道走错了道儿没有！”

……

我在深夜里坐着车回家，
一堆不相识的褴褛他，使着劲儿拉；
天上不明一颗星，

道上不见一只灯：

只那车灯的小火

袅着道儿上的土——

左一个颠簸，右一个颠簸。

拉车的跨着他的蹒跚步。

（本诗作于 1924 年 11 月初，

载于 1924 年 11 月 9 日《晨报副刊》）

太平景象[①]

“卖油条的，来六根——再来六根。”
“要香烟吗，老总们，大英牌，大前门？
多留几包也好，前边什么买卖都不成。”

“这枪好，德国来的，装弹时手顺；”
“我哥有信来，前天，说我妈有病；”
“哼，管得你妈，咱们去打仗要紧。”

“亏得在江南，离着家千里的路程，
要不然我的家里人……唉，管得他们
眼红眼青，咱们吃粮的眼不见为净！”

①本诗发表时还有副标题：“江南即景”。

"说是，这世界！做鬼不幸，活着也不称心；
谁没有家人老小，谁愿意来当兵拼命？"
"可是你不听长官说，打伤了有恤金？"
"我就不希罕那猫儿哭耗子的恤金！
脑袋就是一个，我就想不透为么要上阵，
砰，砰，打自个儿的弟兄，损己，又不利人。"

"你不见李二哥回来，烂了半个脸，全青？
他说前边稻田里的尸体，简直像牛粪，
全的，残的，死透的，半死的，烂臭，难闻。"
"我说这儿江南人倒懂事，他们死不当兵；
你看这路旁的皮棺，那田里玲巧的享亭，
草也青，树也青，做鬼也落个清静；"

"比不得我们——可不是火车已经开行？——
天生是稻田里的牛粪——唉，稻田里的牛粪！"
"喂，卖油条的，赶上来，快，我还要六根。"

（1924 年 8 月 10 日《小说月报》第 15 卷第 8 号）

灰色的人生

我想——我想开放我的宽阔的粗暴的嗓音，唱一支野蛮的大胆的骇人的新歌；

我想拉破我的袍服，我的整齐的袍服，露出我的胸膛，肚腹，肋骨与筋络；

我想放散我一头的长发，像一个游方僧似的散披着一头的乱发；

我也想跣我的脚，跣我的脚，在巉牙似的道上，快活地，无畏地走着。

我要调谐我的嗓音，傲慢的，粗暴的，唱一阕荒唐的，摧残的，弥漫的歌调；

我伸出我的巨大的手掌，向着天与地，海与山，无餍地求讨，寻捞；

我一把揪住了西北风，问它要落叶的颜色，

我一把揪住了东南风，问它要嫩芽的光泽；

我蹲身在大海的边旁，倾听它的伟大的酣睡的声浪；

我捉住了落日的彩霞，远山的露霭，秋月的明辉，散放在我的发上，胸前，袖里，脚底……

我只是狂喜地大踏步地向前——向前——口唱着暴烈的，粗伧的，不成章的歌调；

来，我邀你们到海边去，听风涛震撼大空的声调；

来，我邀你们到山中去，听一柄利斧斫伐老树的清音；

来，我邀你们到密室里去，听残废的，寂寞的灵魂的呻吟；

来，我邀你们到云霄外去，听古怪的大鸟孤独的悲鸣；

来，我邀你们到民间去，听衰老的，病痛的，贫苦的，残毁的，受压迫的，烦闷的，奴服的，懦怯的，丑陋的，罪恶的，自杀的——和着深秋的风声与雨声——合唱的“灰色的人生”！

（本诗作于1923年10月12日，

初载于1923年10月21日《努力周报》第75期）

恋爱到底是什么一回事

恋爱他到底是什么一回事？——
他来的时候我还不曾出世；
太阳为我照上了二十几个年头，
我只是个孩子，认不识半点愁；
忽然有一天——我又爱又恨那一天——
我心坎里痒齐齐的有些不连牵，
那是我这辈子第一次的上当，
有人说是受伤——你摸摸我的胸膛——
他来的时候我还不曾出世，
恋爱他到底是什么一回事？

这来我变了，一只没笼头的马，
跑遍了荒凉的人生的旷野；
又像那古时间献璞玉的楚人，

手指着心窝，说这里面有真有真，
你不信时一刀拉破我的心头肉，
看那血淋淋的一掬是玉不是玉；
血！那无情的宰割，我的灵魂！
是谁逼迫我发最后的疑问？

疑问！这回我自己幸喜我的梦醒，
上帝，我没有病，再不来对你呻吟！
我再不想成仙，蓬莱不是我的分；
我只要这地面，情愿安分的做人——
从此再不问恋爱是什么一回事，
反正他来的时候我还不曾出世！

（本诗约作于1923年，
初版《志摩的诗》无此诗，再版时加入）

天国的消息

可爱的秋景！无声的落叶，
轻盈的，轻盈的，掉落在这小径，
竹篱内，隐约的，有小儿女的笑声；

呖呖的清音，缭绕着村舍的静谧，
仿佛是幽谷里的小鸟，欢噪着清晨，
驱散了昏夜的晦塞，开始无限光明。

霎那的欢欣，昙花似的涌现，
开豁了我的情绪，忘却了春恋，
人生的惶惑与悲哀，惆怅与短促——
在这稚子的欢笑声里，想见了天国！

晚霞泛滥着金色的枫林，

凉风吹拂着我孤独的身形；

我灵海里啸响着伟大的波涛，

应和更伟大的脉搏，更伟大的灵潮！

（本诗约作于1924年）

乡村里的音籁

小舟在垂柳荫间缓泛——
一阵阵初秋的凉风，
吹生了水面的漪绒，
吹来两岸乡村里的音籁。

我独自凭着船窗闲憩，
静看着一河的波幻，
静听着远近的音籁，——
又一度与童年的情景默契！

这是清脆的稚儿的呼唤，
田场上工作纷纭，
竹篱边犬吠鸡鸣：
但这无端的悲感与凄惋！

白云在蓝天里飞行：
我欲把恼人的年岁，
我欲把恼人的情爱，
托付与无涯的空灵——消泯；

回复我纯朴的，美丽的童心：
像山谷里的冷泉一勺，
像晓风里的白头乳鹊，
像池畔的草花，自然的鲜明。

（本诗作于1925年8月之前）

五老峰

不可摇撼的神奇，
不容注视的威严，
这耸峙，这横蟠，
这不可攀援的峻险！
看！那巉岩缺处
透露着天，窈远的苍天，
在无限广博的怀抱间，
这磅礴的伟象显现！

是谁的意境，是谁的想象？
是谁的工程与抟造的手痕？
在这亘古的空灵中
陵慢着天风，天体与天氛！
有时朵朵明媚的彩云，

轻颤的，妆缀着老人们的苍鬓，
像一树虬干的古梅在月下
吐露了艳色鲜葩的清芬！

山麓前伐木的村童，
在山涧的清流中洗濯，呼啸，
认识老人们的嗔颦，
迷雾海沫似的喷涌，铺罩，
淹没了谷内的青林，
隔绝了鄱阳的水色袅渺，
陡壁前闪亮着火电，听呀！
五老们在渺茫的雾海外狂笑！

朝霞照他们的前胸，
晚霞戏逗着他们赤秃的头颅；
黄昏时，听异鸟的欢呼，
在他们鸠盘的肩旁怯怯的透露
不昧的星光与月彩：
柔波里，缓泛着的小艇与轻舸；
听呀！在海会静穆的钟声里，
有朝山人在落叶林中过路！

更无有人事的虚荣，

更无有尘世的仓促与噩梦，
灵魂！记取这从容与伟大，
在五老峰前饱啜自由的山风！
这不是山峰，这是古圣人的祈祷，
凝聚成这“冻乐”似的建筑神工，
给人间一个不朽的凭证，——
一个“崛强的疑问”在无极的蓝空！

（本诗约作于1924年12月）

朝雾里的小草花

这岂是偶然，小玲珑的野花！
你轻含着鲜露颗颗，
怦动的像是慕光明的花蛾，
在黑暗里想念焰彩，晴霞；

我此时在这蔓草丛中过路，
无端的内感，惘怅与惊讶，
在这迷雾里，在这岩壁下，
思忖着，泪怦怦的，人生与鲜露？

（原载于 1924 年 12 月 5 日《晨报·文学旬刊》）

毒　药[1]

今天不是我歌唱的日子，我口边涎着狞恶的微笑，不是我说笑的日子，我胸怀间插着发冷光的利刃；

相信我，我的思想是恶毒的因为这世界是恶毒的，我的灵魂是黑暗的因为太阳已经灭绝了光彩，我的声调是像坟堆里的夜鸮因为人间已经杀尽了一切的和谐，我的口音像是冤鬼责问他的仇人因为一切的恩已经让路给一切的怨；

但是相信我，真理是在我的话里虽则我的话像是毒药，真理是永远不含糊的虽则我的话里仿佛有两头蛇的舌，蝎子的尾尖，蜈蚣的触须；只因为我的心里充满着比毒药更强烈、比咒诅更狠毒、比火焰更猖狂、比死更深奥的不忍心与怜悯心与爱心，所以我说的话是毒性的、咒诅的、燎灼的、虚无的；

相信我，我们一切的准绳已经埋没在珊瑚土打紧的墓宫里，最

---

①《毒药》与后面的《白旗》《婴儿》原为一组诗。

劲冽的祭肴的香味也穿不透这严封的地层：一切的准则是死了的；

我们一切的信心像是顶烂的树枝上的风筝，我们手里擎着这迸断了的鹞线：一切的信心是烂了的；

相信我，猜疑的巨大的黑影，像一块乌云似的，已经笼盖着人间一切的关系：人子不再悲哭他新死的亲娘，兄弟不再来携着他姊妹的手，朋友变成了寇仇，看家的狗回头来咬他主人的腿：是的，猜疑淹没了一切；在路旁坐着啼哭的，在街心里站着的，在你窗前探望的，都是被奸污的处女：池潭里只见些烂破的鲜艳的荷花；

在人道恶浊的涧水里流着，浮荇似的，五具残缺的尸体，他们是仁义礼智信，向着时间无尽的海澜里流去；

这海是一个不安静的海，波涛猖獗的翻着，在每个浪头的小白帽上分明的写着人欲与兽性；

到处是奸淫的现象：贪心搂抱着正义，猜忌逼迫着同情，懦怯狎亵着勇敢，肉欲侮弄着恋爱，暴力侵凌着人道，黑暗践踏着光明；

听呀，这一片淫猥的声响，听呀，这一片残暴的声响；虎狼在热闹的市街里，强盗在你们妻子的床上，罪恶在你们深奥的灵魂里……

（本诗作于1924年9月底，

原载于1924年10月5日《晨报·文学旬刊》）

白　旗

来，跟着我来，拿一面白旗在你们的手里——不是上面写着激动怨毒，鼓励残杀字样的白旗，也不是涂着不洁净血液的标记的白旗，也不是画着忏悔与咒语的白旗（把忏悔画在你们的心里）；

你们排列着，噤声的，严肃的，像送丧的行列，不容许脸上留存一丝的颜色，一毫的笑容，严肃的，噤声的，像一队决死的兵士；

现在时辰到了，一齐举起你们手里的白旗，像举起你们的心一样，仰看着你们头顶的青天，不转瞬的，恐惶的，像看着你们自己的灵魂一样；

现在时辰到了，你们让你们熬着，壅着，迸裂着，滚沸着的眼泪流，直流，狂流，自由的流，痛快的流，尽性的流，像山水出峡似的流，像暴雨倾盆似的流……

现在时辰到了，你们让你们咽着，压迫着，挣扎着，汹涌着的声音嚎，直嚎，狂嚎，放肆的嚎，凶狠的嚎，像飓风在大海波涛间的嚎，像你们丧失了最亲爱的骨肉时的嚎……

现在时辰到了，你们让你们回复了的天性忏悔，让眼泪的滚油煎净了的，让嚎恸的雷霆震醒了的天性忏悔，默默的忏悔，悠久的忏悔，沉彻的忏悔，像冷峭的星光照落在一个寂寞的山谷里，像一个黑衣的尼僧匐伏在一座金漆的神龛前；

……

在眼泪的沸腾里，在嚎恸的酣彻里，在忏悔的沉寂里，你们望见了上帝永久的威严。

（本诗作于1924年9月底，

原载于1924年10月5日《晨报·文学旬刊》）

婴 儿

我们要盼望一个伟大的事实出现，我们要守候一个馨香的婴儿出世——你看他那母亲在她生产的床上受罪！

她那少妇的安详，柔和，端丽，现在在剧烈的阵痛里变形成不可信的丑恶：你看她那遍体的筋络都在她薄嫩的皮肤底里暴涨着，可怕的青色与紫色，像受惊的水青蛇在田沟里急泅似的，汗珠站在她的前额上像一颗颗的黄豆，她的四肢与身体猛烈的抽搐着，畸屈着，奋挺着，纠旋着，仿佛她垫着的席子是用针尖编成的，仿佛她的帐围是用火焰织成的；

一个安详的，镇定的，端庄的，美丽的少妇，现在在绞痛的惨酷里变形成魔鬼似的可怖：她的眼，一时紧紧的阖着，一时巨大的睁着，她那眼，原来像冬夜池潭里反映着的明星，现在吐露着青黄色的凶焰，眼珠像是烧红的炭火，映射出她灵魂最后的奋斗，她的原来朱红色的口唇，现在像是炉底的冷灰，她的口颤着，撅着，扭着，死神的热烈的亲吻不容许她一息的平安，她的发是散披着，横在口边，漫在胸前，像揪乱的麻丝，她的手指间紧抓着几穗拧下来的乱发；

这母亲在她生产的床上受罪——

但她还不曾绝望，她的生命挣扎着血与肉与骨与肢体的纤微，在危崖的边沿上，抵抗着，搏斗着，死神的逼迫；

她还不曾放手，因为她知道（她的灵魂知道!）这苦痛不是无因的，因为她知道她的胎宫里孕育着一点比她自己更伟大的生命的种子，包涵着一个比一切更永久的婴儿；

因为她知道这苦痛是婴儿要求出世的征候，是种子在泥土里爆裂成美丽的生命的消息，是她完成她自己生命的使命的时机；

因为她知道这忍耐是有结果的，在她剧痛的昏瞀中，她仿佛听着上帝准许人间祈祷的声音，她仿佛听着天使们赞美未来的光明的声音；

因此她忍耐着，抵抗着，奋斗着……她抵拼绷断她统体的纤微，她要赎出在她那胎宫里动荡的生命，在她一个完全，美丽的婴儿出世的盼望中，最锐利，最沉酣的痛感逼成了最锐利最沉酣的快感……

（本诗作于1924年9月底，

原载于1924年10月5日《晨报·文学旬刊》）

无　题

原是你的本分，朝山人的胫踝，
这荆刺的伤痛！回看你的来路，
看那草丛乱石间斑斑的血迹，
在暮霭里记认你从来的踪迹！
且缓抚摩你的肢体，你的止境
还远在那白云环拱处的山岭！

无声的暮烟，远从那山麓与林边，
渐渐的潮没了这旷野，这荒天，
你渺小的孑影面对这冥盲的前程，
像在怒涛间的轻航失去了南针；
更有那黑夜的恐怖，悚骨的狼嗥，
狐鸣，鹰啸，蔓草间有蝮蛇缠绕！

退后？——昏夜一般的吞蚀血染的来踪，
倒地？——这懦怯的累赘问谁去收容？
前冲？啊，前冲！冲破这黑暗的冥凶，
冲破一切的恐怖，迟疑，畏葸，苦痛，
血淋漓的践踏过三角棱的劲刺，
从莽中伏兽的利爪，蜿蜒的虫豸！

前冲；灵魂的勇是你成功的秘密！
这回你看，在这决心舍命的瞬息，
迷雾已经让路，让给不变的天光，
一弯青玉似的明月在云隙里探望，
依稀窗纱间美人启齿的瓠犀——
那是灵感的赞许，最恩宠的赠与！

更有那高峰，你那最想望的高峰，
亦已涌现在当前，莲苞似的玲珑，
在蓝天里，在月华中，秾艳，崇高——
朝山人，这异象便是你跋涉的酬劳！

（本诗约作于1925年8月）

夜半松风

这是冬夜的山坡，
坡下一座冷落的僧庐，
庐内一个孤独的梦魂：
在忏悔中祈祷，在绝望中沉沦——

为什么这怒叫，这狂啸，
鼍鼓与金钲与虎与豹？
为什么这幽诉，这私慕？
烈情的惨剧与人生的坎坷——
又一度潮水似的淹没了
这彷徨的梦魂与冷落的僧庐？

（本诗作于1922年2月22日，
原载于1924年7月11日《晨报·文学旬刊》第41号）

消 息

雷雨暂时收敛了；
双龙似的双虹，
显现在雾霭中，
天矫，鲜艳，生动，——
好兆！明天准是好天了。

什么？又（是一阵）打雷了——
在云外，在天外，
又是一片暗淡，
不见了鲜虹彩——
希望，不曾站稳，又毁了——

（本诗作于1924年12月，收入《新月诗选》）

落叶小唱

一阵声响转上了阶沿
(我正挨近着梦乡边;)
这回准是她的脚步了，我想——
在这深夜!

一声剥啄在我的窗上
(我正靠紧着睡乡旁;)
这准是她来闹着玩——你看，
我偏不张皇!

一个声息贴近我的床，
我说（一半是睡梦，一半是迷惘）——
“你总不能明白我，你又何苦
多叫我心伤!”

一声喟息落在我的枕边
(我已在梦乡里留恋;)
“我负了你!”你说——你的热泪
烫着我的脸!

这音响恼着我的梦魂
(落叶在庭前舞，一阵，又一阵;)
梦完了，啊，回复清醒；恼人的——
却只是秋声!

(本诗作于 1925 年 8 月之前)

翡冷翠的一夜

给小曼的公开信

——《翡冷翠的一夜》序

小曼：

如其送礼不妨过期到一年的话，小曼，请你收受这一集诗，算是纪念我俩结婚的一份小礼。秀才人情当然是见笑的，但好在你的思想，眉，本不在金珠宝石间！这些不完全的诗句，原是不值半文钱，但在我这穷酸，说也脸红，已算是这三年来唯一的积蓄。我不是诗人，我自己一天明白似一天，更不须隐讳；狂妄的虚潮早经销退，余剩的只一片粗确的不生产的砂田，在海天的荒凉中自艾。“志摩感情之浮，使他不能为诗人，思想之杂，使他不能为文人。”这是一个朋友给我的评语。煞风景，当然，但我的幽默不容我不承认他这来真的辣入骨髓的看透了我。煞风景，当然，但同时我却感到一种解放的快乐——

“我不想成仙，蓬莱不是我的分

我只要地面，情愿安分的做人”……

本来是！“如其诗句的来，”诗人济慈说，“不像是叶子那么长上树枝，那还不如不来的好。”我如其曾经有过一星星诗的本能，这几年都市的生活早就把它压死，这一年间我只淘成了一首诗，前途更是渺茫，唉，不来也吧，只是我怕辜负你的期望，眉，我如何能不感到惆怅！因此这一卷诗，大约是末一卷吧，我不能不郑重的献致给你，我爱，请你留了它，只当它是一件不稀希的古董，一点不成品的纪念。

……

志摩

八月二十三日，花园别墅。

翡冷翠[1]的一夜

你真的走了，明天？那我，那我……
你也不用管，迟早有那一天；
你愿意记着我，就记着我，
要不然趁早忘了这世界上
有我，省得想起时空着恼，
只当是一个梦，一个幻想；
只当是前天我们见的残红，
怯怜怜的在风前抖擞，一瓣，
两瓣，落地，叫人踩，变泥……
唉，叫人踩，变泥——变了泥倒干净，
这半死不活的才叫是受罪，

①翡冷翠：指佛罗伦萨，是意大利的一个城市，在文艺复兴时期是欧洲赫赫有名的艺术中心之一。

看着寒伧，累赘，叫人白眼——
天呀！你何苦来，你何苦来……
我可忘不了你，那一天你来，
就比如黑暗的前途见了光彩，
你是我的先生，我爱，我的恩人，
你教给我什么是生命，什么是爱，
你惊醒我的昏迷，偿还我的天真，
没有你我哪知道天是高，草是青？
你摸摸我的心，它这下跳得多快；
再摸我的脸，烧得多焦，亏这夜黑
看不见；爱，我气都喘不过来了，
别亲我了；我受不住这烈火似的活，
这阵子我的灵魂就像是火砖上的
熟铁，在爱的锤子下，砸，砸，火花
四散的飞洒……我晕了，抱着我，
爱，就让我在这儿清静的园内，
闭着眼，死在你的胸前，多美！
头顶白杨树上的风声，沙沙的，
算是我的丧歌，这一阵清风，
橄榄林里吹来的，带着石榴花香，
就带了我的灵魂走，还有那萤火，
多情的殷勤的萤火，有他们照路，
我到了那三环洞的桥上再停步，

听你在这儿抱着我半暖的身体，
悲声的叫我，亲我，摇我，咂我……
我就微笑的再跟着清风走，
随他领着我，天堂，地狱，哪儿都成，
反正丢了这可厌的人生，实现这死
在爱里，这爱中心的死，不强如
五百次的投生？……自私，我知道，
可我也管不着……你伴着我死？
什么，不成双就不是完全的“爱死”，
要飞升也得两对翅膀儿打伙，
进了天堂还不一样的要照顾，
我少不了你，你也不能没有我；
要是地狱，我单身去你更不放心，
你说地狱不定比这世界文明
（虽则我不信，）像我这娇嫩的花朵，
难保不再遭风暴，不叫雨打，
那时候我喊你，你也听不分明——
那不是求解脱反投进了泥坑，
倒叫冷眼的鬼串通了冷心的人，
笑我的命运，笑你懦怯的粗心？
这话也有理，那叫我怎么办呢？
活着难，太难，就死也不得自由，
我又不愿你为我牺牲你的前程……

唉！你说还是活着等，等那一天！
有那一天吗？——你在，就是我的信心；
可是天亮你就得走，你真的忍心
丢了我走？我又不能留你，这是命；
但这花，没阳光晒，没甘露浸，
不死也不免瓣尖儿焦萎，多可怜！
你不能忘我，爱，除了在你的心里，
我再没有命；是，我听你的话，我等，
等铁树儿开花我也得耐心等；
爱，你永远是我头顶的一颗明星：
要是不幸死了，我就变一个萤火，
在这园里，挨着草根，暗沉沉的飞，
黄昏飞到半夜，半夜飞到天明，
只愿天空不生云，我望得见天，
天上那颗不变的大星，那是你，
但愿你为我多放光明，隔着夜，
隔着天，通着恋爱的灵犀一点……

六月十一日，一九二五年翡冷翠山中

（本诗原载于1926年1月2日《现代评论》第3卷）

偶　然

我是天空里的一片云，
偶尔投影在你的波心——
你不必讶异，
更无须欢喜——
在转瞬间消灭了踪影。

你我相逢在黑夜的海上，
你有你的，我有我的，方向；
你记得也好，
最好你忘掉，
在这交会时互放的光亮！

（本诗原载于1926年5月27日《晨报副刊》第9期）

起造一座墙

你我千万不可亵渎那一个字，
别忘了在上帝跟前起的誓。
我不仅要你最柔软的柔情，
蕉衣似的永远裹着我的心；
我要你的爱有纯钢似的强，
在这流动的生里起造一座墙；
任凭秋风吹尽满园的黄叶，
任凭白蚁蛀烂千年的画壁；
就使有一天霹雳震翻了宇宙——
也震不翻你我“爱墙”内的自由！

（本诗作于1925年8月，
原载于1925年9月5日《现代评论》第2卷第39期）

我来扬子江边买一把莲蓬

我来扬子江边买一把莲蓬；
手剥一层层莲衣，
看江鸥在眼前飞，
忍含着一眼悲泪——
我想着你，我想着你，啊小龙！

我尝一尝莲瓤，回味曾经的温存——
那阶前不卷的重帘，
掩护着同心的欢恋；
我又听着你的盟言，
“永远是你的，我的身体，我的灵魂。”

我尝一尝莲心，我的心比莲心苦；
我长夜里怔忡，

挣不开的恶梦，
谁知我的苦痛？
你害了我，爱，这日子叫我如何过？

但我不能责你负，我不忍猜你变，
我心肠只是一片柔：
你是我的！我依旧
将你紧紧的抱搂——
除非是天翻——但谁能想象那一天？

（本诗原载于1925年10月29日《晨报副刊》）

她怕他说出口

（朋友，我懂得那一条骨鲠，
难受不是？——难为你的咽喉；）
“看，那草瓣上蹲着一只蚱蜢，
那松林里的风声像是箜篌。”

（朋友，我明白，你的眼水里
闪动着你真情的泪晶；）
“看，那一双蝴蝶连翩的飞；
你试闻闻这紫兰花馨！”

（朋友，你的心在怦怦的动：
我的也不一定是安宁；）
“看，那一对雌雄的双虹！
在云天里卖弄着娉婷；”

(这不是玩，还是不出口的好，
我顶明白你灵魂里的秘密；)
那是句致命的话，你得想到，
回头你再来追悔那又何必！

(我不愿你进火焰里去遭罪，
就我——就我也不情愿受苦！)
“你看那双虹已经完全破碎；
花草里不见了蝴蝶儿飞舞。”

(耐着！美不过这半绽的花蕾；
何必再添深这颊上的薄晕？)
“回走吧，天色已是怕人的昏黑，——
明儿再来看鱼肚色的朝云！”

(本诗原载于1925年4月25日《晨报·文学旬刊》第68期)

呻吟语

我亦愿意赞美这神奇的宇宙，
我亦愿意忘却了人间有忧愁，
像一只没挂累的梅花雀，
清朝上歌唱，黄昏时跳跃——
假如她清风似的常在我的左右！

我亦想望我的诗句清水似的流，
我亦想望我的心池鱼似的悠悠；
但如今膏火是我的心，
再休问我闲暇的诗情？——
上帝！你一天不还她生命与自由！

（本诗作于1925年8月，原载于1925年9月3日《晨报副刊》）

“这年头活着不易”

昨天我冒着大雨到烟霞岭下访桂；
南高峰在烟霞中不见，
在一家松茅铺的屋檐前
我停步，问一个村姑今年
翁家山的桂花有没有去年开的媚。

那村姑先对着我身上细细的端详：
活像只羽毛浸瘪了的鸟，
我心想，她定觉得蹊跷，
在这大雨天单身走远道，
倒来没来头的问桂花今年香不香。

“客人，你运气不好，来得太迟又太早；
这里就是有名的满家弄，

往年这时候到处香得凶，
这几天连绵的雨，外加风，
弄得这稀糟，今年的早桂就算完了。”
果然这桂子林也不能给我点子欢喜：

枝上只见焦萎的细蕊，
看着凄惨，唉，无妄的灾！
为什么这到处是憔悴？
这年头活着不易！这年头活着不易！

西湖，九月

（本诗作于1925年，原载于1925年10月12日《晨报副刊》）

丁当

——清新

檐前的秋雨在说什么?
它说摔了她,忧郁什么?
我手拿起案上的镜框,
在地平上摔了一个丁当。

檐前的秋雨又在说什么?
"还有你心里那个留着做什么?"
蓦地里又听见一声清新——
这回摔破的是我自己的心!

(本诗作于1925年秋,
原载于1925年12月1日《晨报七周年纪念增刊》)

再休怪我的脸沉

不要着恼，乖乖，不要怪嫌
我的脸绷得直长，
我的脸绷得是长，
可不是对你，对恋爱生厌。

不要凭空往大坑里盲跳：
胡猜是一个大坑，
这里面坑得死人；
你听我讲，乖，用不着烦恼。

你，我的恋爱，早就不是你：
你我早变成一身，
呼吸，命运，灵魂——
再没有力量把你我分离。

你我比是桃花接上竹叶，
露水合着嘴唇吃，
经脉胶成同命丝，
单等春风到开一个满艳。

谁能怀疑他自创的恋爱？
天空有星光耿耿，
冰雪压不倒青春，
任凭海有时枯，石有时烂！

不是的，乖，不是对爱生厌！
你胡猜我也不怪，
我的样儿是太难，
反正我得对你深深道歉。

不错，我恼，恼的是我自己：
（山怨土堆不够高；
河对水私下唠叨。）
恨我自己为甚这不争气。

我的心（我信）比似个浅洼：
跳动着几条泥鳅，

积不住三尺清流，
盼不到天光，映不着彩霞；

又比是个力乏的朝山客；
他望见白云缭绕，
拥护着山远山高，
但他只能在倦疲中沉默；

也不是不认识上天威力：
他何尝甘愿绝望，
空对着光阴怅惘——
你到深夜里来听他悲泣！

就说爱，我虽则有了你，爱，
不愁在生命道上
感受孤立的恐慌，
但天知道我还想往上攀！

恋爱，我要更光明的实现：
草堆里一个萤火
企慕着天顶星罗：
我要你我的爱高比得天！

我要那洗度灵魂的圣泉，
洗掉这皮囊腌臜，
解放内里的囚犯，
化一缕轻烟，化一朵青莲。

这，你看，才叫是烦恼自找；
从清晨直到黄昏，
从天昏又到天明，
活动着我自剖的一把钢刀！

不是自杀，你得认个分明。
劈去生活的余渣，
为要生命的精华；
给我勇气，啊，唯一的亲亲！
给我勇气，我要的是力量，
快来救我这围城，
再休怪我的脸沉，
快来，乖乖，抱住我的思想！

（本诗作于1926年4月，
原载于1926年4月29日《晨报副刊》第5期）

两地相思

一

他——

今晚的月亮像她的眉毛，
这弯弯的够多俏！
今晚的天空像她的爱情，
这蓝蓝的够多深！
那样多是你的，我听她说，
你再也不用疑惑；
给你这一团火，她的香唇，
还有她更热的腰身！

谁说做人不该多吃点苦？——
吃到了底才有数。
这来可苦了她，盼死了我，
半年不是容易过！
她这时候，我想，正靠着窗，
手托着俊俏脸庞，
在想，一滴泪正挂在腮边，
像露珠沾上草尖：
在半忧愁半欢喜的预计，
计算着我的归期：
啊，一颗纯洁的爱我的心，
那样的专！那样的真！
还不催快你胯下的牲口，
趁月光清水似流，
趁月光清水似流，赶回家
去亲你唯一的她！

二

她——

今晚的月色又使我想起
我半年前的昏迷，
那晚我不该喝那三杯酒，
添了我一世的愁；
我不该把自由随手给扔——
活该我今儿的闷！
他待我倒真是一片至诚，
像竹园里的新笋，
不怕风吹，不怕雨打，一样
他还是往上滋长；
他为我吃尽了苦，就为我
他今天还在奔波——
我又没有勇气对他明讲
我改变了的心肠！
今晚月儿弓样，到月圆时
我，我如何能躲避！
我怕，我爱，这来我真是难，

恨不能往地底钻：

可是你，爱，永远有我的心，

听凭我是浮是沉：

他来时要抱，我就让他抱，

(这葫芦不破的好)

但每回我让他亲——我的唇，

爱，亲的是你的吻！

(本诗原载于1926年6月10日《晨报副刊》第11期)

珊　瑚

你再不用想我说话，
我的心早沉在海水底下；
你再不用向我呼唤：
因为我——我再不能回答！

除非你——除非你也来在
这珊瑚骨环绕的又一世界；
等海风定时的一刻清静，
你我来交互你我的幽叹。

（原载于1926年9月29日《晨报副刊》）

客　中

今晚天上有半轮的下弦月；
我想携着她的手，
往明月多处走——
一样是清光，我说，圆满或残缺。

园里有一树开剩的玉兰花；
她有的是爱花癖，
我爱看她的怜惜——
一样是芬芳，她说，满花与残花。

浓阴里有一只过时的夜莺；
她受了秋凉，
不如从前浏亮——
快死了，她说，但我不悔我的痴情！

但这莺，这一树花，这半轮月——

我独自沉吟，

对着我的身影——

她在那里，啊，为什么伤悲，凋谢，残缺？

（作于1925年9月，载于1925年12月10日《晨报副刊》）

决　断

我的爱：
再不可迟疑；
误不得
这唯一的时机，

天平秤——
在你自己心里，
哪头重——
砝码都不用比！

你我的——
哪还用着我提？
下了种，
就得完功到底。

生，爱，死——
三连环的迷谜；
拉动一个，
两个就跟着挤。

老实说，
我不希罕这活，
这皮囊，——
哪处不是拘束。

要恋爱，
要自由，要解脱——
这小刀子，
许是你我的天国！

可是不死
就得跑，远远的跑；
谁耐烦
在这猪圈里捞骚？

险——
不用说，总得冒，

不拚命，
哪件事拿得着？

看那星，
多勇猛的光明！
看这夜，
多庄严，多澄清！
走吧，甜，

前途不是暗昧；
多谢天，
从此跳出了轮回！

（作于 1925 年 11 月，原载于 1925 年 11 月 25 日《晨报副刊》）

半夜深巷琵琶

又被它从睡梦中惊醒，深夜里的琵琶！
是谁的悲思，
是谁的手指，
像一阵凄风，像一阵惨雨，像一阵落花，
在这夜深深时，
在这睡昏昏时，
挑动着紧促的弦索，乱弹着宫商角徵，
和着这深夜，荒街，
柳梢头有残月挂，
啊，半轮的残月，像是破碎的希望他，他
头戴一顶开花帽，
身上带着铁链条，
在光阴的道上疯了似的跳，疯了似的笑，
完了，他说，吹糊你的灯，

她在坟墓的那一边等，

等你去亲吻，等你去亲吻，等你去亲吻！

（本诗作于1926年5月，

初载于同年5月20日《晨报副刊·诗镌》第8号）

望　月

月，我隔着窗纱，在黑暗中，
望她从巉岩的山肩挣起——
一轮惺忪的不整的光华：
像一个处女，怀抱着贞洁，
惊惶的，挣出强暴的爪牙；

这使我想起你，我爱，当初
也曾在恶运的利齿间捱！
但如今，正如蓝天里明月，
你已升起在幸福的前峰，
洒光辉照亮地面的坎坷！

（原载于1926年5月6日《晨报副刊·诗镌》第6号）

最后的那一天

在春风不再回来的那一年，
在枯枝不再青条的那一天，
那时间天空再没有光照，
只黑蒙蒙的妖氛弥漫着
太阳，月亮，星光死去了的空间；

在一切标准推翻的那一天，
在一切价值重估的那时间：
暴露在最后审判的威灵中
一切的虚伪与虚荣与虚空：
赤裸裸的灵魂们匍匐在主的跟前；——

我爱，那时间你我再不必张皇，
更不须声诉，辨冤，再不必隐藏，——
你我的心，像一朵雪白的并蒂莲，

在爱的青梗上秀挺，欢欣，鲜妍，——

在主的跟前，爱是唯一的荣光。

（本诗约作于1927年9月前）

白须的海老儿

那船平空在海中心抛锚，
也不顾我心头野火似的烧！
那白须的海老倒像有同情，
他声声问的是为甚不进行？

我伸手向黑暗的空间抱，
谁说这缥缈不是她的腰？
我又飞吻给银河边的星，
那是我爱最灵动的明睛。

但这来白须的海老又生恼
（他忌妒少年情，别看他年老！）
他说你情急我偏给你不行，
你怎生跳度这碧波的无垠？

果然那老顽皮有他的蹊跷，
这心头火差一点变海水里泡！
但此时我忙着亲我爱的香唇，
谁耐烦再和白须的海老儿争？

（本诗作于 1926 年 3 月 12 日，
原载于 1926 年 3 月 27 日《晨报副刊》）

变与不变

树上的叶子说："这来又变样儿了，
你看，有的是抽心烂，有的是卷边焦！"
"可不是，"答话的是我自己的心：
它也在冷酷的西风里褪色，凋零。

这时候连翩的明星爬上了树尖；
"看这儿，"它们仿佛说，"有没有改变？"
"看这儿，"无形中又发动了一个声音，
"还不是一样鲜明？"——插话的是我的
魂灵！

（本诗约作于 1927 年春）

天神似的英雄

这石是一堆粗丑的顽石，
这百合是一丛明媚的秀色；
但当月光将花影描上石隙，
这粗丑的顽石也化生了媚迹。

我是一团臃肿的凡庸，
她的是人间无比的仙容；
但当恋爱将她偎入我的怀中，
就我也变成了天神似的英雄！

（本诗约作于 1927 年）

猛虎集

序

在诗集子前面说话不是一件容易讨好的事。说得近于夸张了自己面上说不过去，过分谦恭又似乎对不起读者。最干脆的办法是什么话也不提，好歹让诗篇它们自身去承当。但书店不肯同意；他们说如其作者不来几句序言书店做广告就无从着笔。作者对于生意是完全外行，但他至少也知道书卖得好不仅是书店有利益，他自己的版税也跟着像样，所以书店的意思，他是不能不尊敬的。事实上我已经费了三个晚上，想写一篇可以帮助广告的序。可是不相干，一行行写下来只是仍旧给涂掉，稿纸糟蹋了不少张，诗集的序终究还是写不成。

况且写诗人一提起写诗他就不由得伤心。世界上再没有比写诗更惨的事；不但惨，而且寒伧。就说一件事，我是天生不长髭须的，但为了一些破烂的句子，就我也不知曾经捻断了多少根想象的长须。

这姑且不去说它。我记得我印第二集诗的时候，曾经表示过此后不再写诗一类的话。现在如何又来了一集，虽则转眼间四个年头已经过去。就算这些诗全是这四年内写的（实在有几首要早到十三年份），每年平均也只得十首，一个月还派不到一首，况且又多是短短一橛的。诗固然不能论长短，如同 Whistler 说画幅是不能用田亩来丈量的。但事实是咱们这年头一口气总是透不长——诗永远是小诗，戏永远是独幕，小说永远是短篇。每回我望到莎士比亚的戏，但丁的《神曲》，歌德的《浮士德》一类作品，比方说，我就不由得感到气馁，觉得我们即使有一些声音，那声音是微细得随时可以用一个小拇指给掐死的。天呀！哪天我们才可以在创作里看到使人起敬的东西？哪天我们这些细嗓子才可以豁免混充大花脸的急涨的苦恼？

说到我自己的写诗，那是再没有更意外的事了。我查过我的家谱，从永乐以来我们家里没有写过一行可供传诵的诗句。在 24 岁以前我对于诗的兴味远不如我对于相对论或民约论的兴味。我父亲送我出洋留学是要我将来进“金融界”的，我自己最高的野心是想做一个中国的 Hamilton！在 24 岁以前，诗，不论新旧，于我是完全没有相干。我这样一个人如果真会成功一个诗人——那还有什么话说？

但生命的把戏是不可思议的！我们都是受支配的善良的生灵，哪件事我们作得了主？整十年前我吹着了一阵奇异的风，也许照着了什么奇异的月色，从此起我的思想就倾向于分行的抒写。一份深刻的忧郁占定了我；这忧郁，我信，竟于渐渐的潜化了我的气质。

话虽如此，我的尘俗的成分并没有甘心退让过；诗灵的稀小的翅膀，尽他们在那里腾扑，还是没有力量带了这整份的累坠往天外飞的。且不说诗化生活一类的理想那是谈何容易实现，就说平常在实际生活的压迫中偶尔挣出八行十二行的诗句都是够艰难的。尤其是最近几年，有时候自己想着了都害怕：日子悠悠的过去内心竟可以一无消息，不透一点亮，不见丝纹的动。我常常疑心这一次是真的干了完了的。如同契玦腊的一身美是向神道通融得来限定日子要交还的，我也时常疑虑到我这些写诗的日子也是什么神道因为怜悯我的愚蠢暂时借给我享用的非分的奢侈。我希望他们可怜一个人可怜到底！

一眨眼十年已经过去。诗虽则连续的写，自信还是薄弱到极点。“写是这样写下了，”我常自己想，“但难道这就能算是诗吗？”就经验说，从一点意思的晃动到一篇诗的完成，这中间几乎没有一次不经过唐僧取经似的苦难的。诗不仅是一种分娩，它并且往往是难产！这份甘苦是只有当事人自己知道。一个诗人，到了修养极高的境界，如同泰戈尔先生比方说，也许可以一张口就有精圆的珠子吐出来，这事实上我亲眼见过来的不打谎，但像我这样既无天才又少修养的人如何说得上？

只有一个时期我的诗情真有些像是山洪暴发，不分方向的乱冲。那就是我最早写诗那半年，生命受了一种伟大力量的震撼，什么半成熟的未成熟的意念都在指顾间散作缤纷的花雨。我那时是绝无依傍，也不知顾虑，心头有什么郁积，就付托腕底胡乱给爬梳了去，救命似的迫切，哪还顾得了什么美丑！我在短期内写了很多，但几乎全部都是见不得人面的。这是一个教训。

我的第一集诗——《志摩的诗》——是我十一年回国后两年内写的；在这集子里初期的汹涌性虽已消减，但大部分还是情感的无关拦的泛滥，什么诗的艺术或技巧都谈不到。这问题一直要到民国十五年我和一多、今甫一群朋友在《晨报副镌》刊行《诗刊》时方才开始讨论到。一多不仅是诗人，他也是最有兴味探讨诗的理论和艺术的一个人。我想这五六年来我们几个写诗的朋友多少都受到《死水》的作者的影响。我的笔本来是最不受羁勒的一匹野马，看到了一多的谨严的作品我方才憬悟到我自己的野性；但我素性的落拓始终不容我追随一多他们在诗的理论方面下过任何细密的工夫。

我的第二集诗——《翡冷翠的一夜》——可以说是我的生活上的又一个较大的波折的留痕。我把诗稿送给一多看，他回信说："这比《志摩的诗》确乎是进步了——一个绝大的进步。"他的好话我是最愿意听的，但我在诗的"技巧"方面还是那样楞生生的丝毫没有把握。

最近这几年生活不仅是极平凡，简直是到了枯窘的深处。跟着诗的产量也尽"向瘦小里耗"。要不是去年在中大认识了梦家和玮德两个年轻的诗人，他们对于诗的热情在无形中又鼓动了我奄奄的诗心。第二次又印《诗刊》，我对于诗的兴味，我信，竟可以销沉到几于完全没有。今年在六个月内在上海与北京间来回奔波了八次，遭了母丧，又有别的不少烦心的事，人是疲乏极了的，但继续的行动与北京的风光却又在无意中摇活了我久蛰的性灵。抬起头居然又见到天了。眼睛睁开了心也跟着开始了跳动。嫩芽的青紫，劳苦社会的光与影，悲欢的图案，一切的动，一切的静，重复在我的眼前展开，有声色和有情感的世界重复为我存在；这仿佛是为了要挽救一个曾经有单纯信仰的流入怀疑的颓废，那在帷幕中隐藏着的神通又在那里栩栩的生动，显示它的博大与精微，要他认清方向，再别错走了路。

我希望这是我的一个真的复活的机会，说也奇怪，一方面虽则明知这些偶尔写下的诗句，尽是些“破破烂烂”的，万谈不到什么久长的生命，但在作者自己，总觉得写得成诗不是一件坏事，这至少证明一点性灵还在那里挣扎，还有它的一口气。我这次印行这第三集诗没有别的话说，我只要借此告慰我的朋友，让他们知道我还有一口气，还想在实际生活的重重压迫下透出一些声响来的。

你们不能更多的责备。我觉得我已是满头的血水，能不低头已算是好的。你们也不用提醒我这是什么日子，不用告诉我这遍地的灾荒，与现有的以及在隐伏中的更大的变乱，不用向我说正今天就有千万人在大水里和身子浸着，或是有千千万人在极度的饥饿中叫救命，也不用劝告我说几行有韵或无韵的诗句是救不活半条人命的，更不用指点我说我的思想是落伍或是我的韵脚是根据不合时宜的意识形态的……这些，还有别的很多，我知道，我全知道。你们一说到只是叫我难受又难受。我再没有别的话说，我只要你们记得有一种天教歌唱的鸟不到呕血不住口，它的歌里有它独自知道的别一个世界的愉快，也有它独自知道的悲哀与伤痛的鲜明。诗人也是一种痴鸟，他把他的柔软的心窝紧抵着蔷薇的花刺，口里不住的唱着星月的光辉与人类的希望，非到他的心血滴出来把白花染成大红他不住口。他的痛苦与快乐是浑成的一片。

再别康桥[①]

轻轻的我走了，
正如我轻轻的来；
我轻轻的招手，
作别西天的云彩。

那河畔的金柳，
是夕阳中的新娘；
波光里的艳影，
在我的心头荡漾。

软泥上的青荇，

---

①康桥：即剑桥，在英国东南部。

油油的在水底招摇；
在康河的柔波里，
我甘心做一条水草！

那榆荫下的一潭，
不是清泉，是天上虹，
揉碎在浮藻间，
沉淀著彩虹似的梦。

寻梦？撑一支长篙，
向青草更青处漫溯，
满载一船星辉，
在星辉斑斓里放歌。

但我不能放歌，
悄悄是别离的笙箫；
夏虫也为我沉默，
沉默是今晚的康桥！

悄悄的我走了，
正如我悄悄的来；
我挥一挥衣袖，

不带走一片云彩。

十一月六日中国海上

（本诗作于1928年，
原载于1928年12月10日《新月》第1卷第10号）

我不知道风是在哪一个方向吹

我不知道风
是在哪一个方向吹——
我是在梦中，
在梦的轻波里依洄。

我不知道风
是在哪一个方向吹——
我是在梦中，
她的温存，我的迷醉。

我不知道风
是在哪一个方向吹——
我是在梦中，
甜美是梦里的光辉。

我不知道风
是在哪一个方向吹——
我是在梦中，
她的负心，我的伤悲。

我不知道风
是在哪一个方向吹——
我是在梦中，
在梦的悲哀里心碎！

我不知道风
是在哪一个方向吹——
我是在梦中，
黯淡是梦里的光辉。

（本诗原载于1928年3月10日《新月》第1卷第1号）

我等候你

我等候你。

我望着户外的昏黄

如同望着将来，

我的心震盲了我的听。

你怎还不来？希望

在每一秒钟上允许开花。

我守候着你的步履，

你的笑语，你的脸，

你的柔软的发丝，

守候着你的一切。

希望在每一秒钟上

枯死——你在哪里？

我要你，要得我心里生痛，

我要你的火焰似的笑，

要你的灵活的腰身，

你的发上眼角的飞星；

我陷落在迷醉的氛围中，

像一座岛，

在蟒绿的海涛间，不自主的在浮沉……

喔，我迫切的想望

你的来临，想望

那一朵神奇的优昙

开上时间的顶尖！

你为什么不来，忍心的？

你明知道，我知道你知道，

你这不来于我是致命的一击，

打死我生命中乍放的阳春，

教坚实如矿里的铁的黑暗，

压迫我的思想与呼吸；

打死可怜的希冀的嫩芽，

把我，囚犯似的，交付给

嫉妒与愁苦，生的羞惭

与绝望的惨酷。

这也许是痴。竟许是痴。

我信我确然是痴；

但我不能转拨一支已然定向的舵，

万方的风息都不容许我犹豫——

我不能回头，运命驱策着我！

我也知道这多半是走向

毁灭的路，

但为了你，为了你

我什么也都甘愿；

这不仅我的热情，

我的仅有的理性亦如此说。

痴！想磔碎一个生命的纤微

为要感动一个女人的心！

想博得的，能博得的，至多是

她的一滴泪，

她的一阵心酸，

竟许一半声漠然的冷笑；

但我也甘愿，即使

我粉身的消息传到

她的心里如同传给

一块顽石，她把我看作

一只地穴里的鼠，一条虫，

我还是甘愿！

痴到了真，是无条件的，

上帝他也无法调回一个

痴定了的心如同一个将军

有时调回已上死线的士兵。

枉然，一切都是枉然，

你的不来是不容否认的实在，

虽则我心里烧着泼旺的火，

饥渴着你的一切，

你的发，你的笑，你的手脚；

任何的痴想与祈祷

不能缩短一小寸

你我间的距离！

户外的昏黄已然

凝聚成夜的乌黑，

树枝上挂着冰雪，

鸟雀们典去了它们的啁啾，

沉默是这一致穿孝的宇宙。

钟上的针不断的比着

玄妙的手势，像是指点，

像是同情，像是嘲讽，

每一次到点的打动，我听来是

我自己的心的

活埋的丧钟。

（本诗原载于1929年10月10日《新月》第3卷第8号）

一块晦色的路碑

脚步轻些，过路人！
休惊动那最可爱的灵魂，
如今安眠在这地下，
有绛色的野草花掩护她的余烬。

你且站定，在这无名的土阜边，
任晚风吹弄你的衣襟；
倘如这片刻的静定感动了你的悲悯，
让你的泪珠圆圆的滴下——
为这长眠着的美丽的灵魂！

过路人，假若你也曾
在这人间不平的道上颠顿，
让你此时的感愤凝成最锋利的悲悯，

在你的激震着的心叶上，
刺出一滴，两滴的鲜血——
为这遭冤屈的最纯洁的灵魂！

（作于1925年3月1日，
原载于1925年3月7日《晨报副刊》）

残　春

昨天我瓶子里斜插着的桃花
是朵朵媚笑在美人的腮边挂；
今儿它们全低了头，全变了相：——
红的白的尸体倒悬在青条上。

窗外的风雨报告残春的运命，
丧钟似的音响在黑夜里叮咛：
“你那生命的瓶子里的鲜花也
变了样：艳丽的尸体，谁给收殓？”

（本诗作于 1927 年 4 月 20 日，
原载于 1928 年 5 月 10 日《新月》第 1 卷第 3 号）

拜　献

山，我不赞美你的壮健，
海，我不歌咏你的阔大，
风波，我不颂扬你威力的无边；
但那在雪地里挣扎的小草花，
路旁冥盲中无告的孤寡，
烧死在沙漠里想归去的雏燕，——
给他们，给宇宙间一切无名的不幸，
我拜献，拜献我胸肋间的热，

管里的血，灵性里的光明；
我的诗歌——在歌声嘹亮的一俄顷，
天外的云彩为你们织造快乐，
起一座虹桥，

指点着永恒的逍遥，

在嘹亮的歌声里消纳了无穷的苦厄！

（原载于1929年2月10日《新月》第1卷第12号）

渺　小

我仰望群山的苍老，
他们不说一句话。
阳光描出我的渺小，
小草在我的脚下。

我一人停步在路隅，
倾听空谷的松籁；
青天里有白云盘踞——
转眼间忽又不在。

（原载于1931年1月10日《新月》第3卷第10号）

俘虏颂

我说朋友，你见了没有，那俘虏：
拼了命也不知为谁，
提着杀人的凶器，
带着杀人的恶计，
趁天没有亮，堵着嘴，
望长江的浓雾里悄悄的飞渡；

趁太阳还在崇明岛外打盹，
满江心只是一片阴，
破着褴褛的江水，
不提防冤死的鬼，
爬在时间背上讨命，

挨着这一船船替死来的接吻；

他们摸着了岸就比到了天堂：
顾不得险，顾不得潮，
一耸身就落了地
(梦里的青蛙惊起,)
踹烂了六朝的青草，
燕子矶的嶙峋都变成了康庄！

干什么来了，这“大无畏”的精神？
算是好男子不怕死？——
为一个人的荒唐，
为几块钱的奖赏，
闯进了魔鬼的圈子，
供献了身体，在乌龙山下变粪？

看他们今儿个做俘虏的光荣！
身上脸上全挂着彩，
眉眼糊成了玫瑰，
口鼻裂成了山水，
脑袋顶着朵大牡丹，

在夫子庙前，在秦淮河边寻梦！

九月四日

（本诗作于1927年9月4日，

原载于1927年9月17日《现代评论》第6卷第145期）

车　上

这一车上有各等的年岁，各色的人：
有出须的，有奶孩，有青年，有商，有兵；
也各有各的姿态：傍着的，躺着的，
张眼的，闭眼的，向窗外黑暗望着的。

车轮在铁轨上辗出重复的繁响，
天上没有星点，一路不见一些灯亮；
只有车灯的幽辉照出旅客们的脸，
他们老的少的，一致声诉旅程的疲倦。

这时候忽然从最幽暗的一角发出
歌声：像是山泉，像是晓鸟，蜜甜，清越，
又像是荒漠里点起了通天的明燎，
它那正直的金焰投射到遥远的山坳。

她是一个小孩，欢欣摇开了她的歌喉；
在这冥盲的旅程上，在这昏黄时候，
像是奔发的山泉，像是狂欢的晓鸟，
她唱，直唱得一车上满是音乐的幽妙。

旅客们一个又一个的表示着惊异，
渐渐每一个脸上来了有光辉的惊喜：
买卖的，军差的，老辈，少年，都是一样，
那吃奶的婴儿，也把他的小眼开张。

她唱，直唱得旅途上到处点上光亮，
层云里翻出玲珑的月和斗大的星，
花朵，灯彩似的，在枝头竞赛着新样，
那细弱的草根也在摇曳轻快的青萤！

（本诗作于1931年4月7日，

原载于1931年4月20日《诗刊》第2期）

生　活

阴沉，黑暗，毒蛇似的蜿蜒，
生活逼成了一条甬道：
一度陷入，你只可向前，
手扪索着冷壁的粘潮，

在妖魔的脏腑内挣扎，
头顶不见一线的天光，
这魂魄，在恐怖的压迫下，
除了消灭更有什么愿望？

五月二十九日

（本诗作于 1928 年 5 月 29 日，
原载于 1929 年 5 月 10 日《新月》第 2 卷第 3 号）

车　眺

一

我不能不赞美
这向晚的五月天；
怀抱着云和树
那些玲珑的水田。

二

白云穿掠着晴空，
像仙岛上的白燕！
晚霞正照着它们，

白羽镶上了金边。

三

背着轻快的晚凉，
牛，放了工，呆着做梦；
孩童们在一边蹲，
想上牛背，美，逞英雄！

四

在绵密的树荫下，
有流水，有白石的桥，
桥洞下早来了黑夜，
流水里有星在闪耀。

五

绿是豆畦，阴是桑树林，
幽郁是溪水傍的草丛，

静是这黄昏时的田景，
但你听，草虫们的飞动！

六

月亮在昏黄里上妆，
太阳心慌的向天边跑；
他怕见她，他怕她见——
怕她见笑一脸的红糟！

（原载于1930年3月10日《新月》第3卷第1号）

卑　微

卑微，卑微，卑微；

风在吹，

无抵抗的残苇：

枯槁它的形容，

心已空，

音调如何吹弄？

它在向风祈祷：

“忍心好，

将我一拳推倒；

“也是一宗解化——

本无家，

任飘泊到天涯！”

（原载于1930年10月10日《新月》第3卷第8号）

活　该

活该你早不来！
热情已变死灰。

提什么已往？——
骷髅的磷光！

将来？——各走各的道，
长庚管不着“黄昏晓”。

爱是痴，恨也是傻；
谁点得清恒河的沙？

不论你梦有多么圆，
周围是黑暗没有边。

比是消散了的诗意，
趁早掩埋你的旧忆。

这苦脸也不用装，
到头儿总是个忘！

得！我就再亲你一口：
热热的！去，再不许停留。

七月三十一日清晨

（本诗作于1929年7月31日，
原载于1929年11月10日《新月》第2卷第9号）

秋　虫

秋虫，你为什么来？人间
早不是旧时候的清闲；
这青草，这白露，也是呆：
再也没有用，这些诗材！
黄金才是人们的新宠，
她占了白天，又霸住梦！
爱情：像白天里的星星，
她早就回避，早没了影。
天黑它们也不得回来，
半空里永远有乌云盖。
还有廉耻也告了长假，
他躺在沙漠地里住家；
花尽着开可结不成果，
思想被主义奸污得苦！

你别说这日子过得闷，
晦气脸的还在后面跟！
这一半也是灵魂的懒，
他爱躲在园子里种菜，
“不管，”他说，“听他往下丑——
变猪，变蛆，变蛤蟆，变狗……
过天太阳羞得遮了脸，
月亮残阙了再不肯圆，
到那天人道真灭了种，
我再来打——打革命的钟！”

一九二七年秋

（原载于1928年3月10日《新月》第1卷第1号）

西　窗

一

这西窗
这不知趣的西窗放进
四月天时下午三点钟的阳光
一条条直的斜的羼躺在我的床上；

放进一团捣乱的风片
搂住了难免处女羞的花窗帘，
呵她痒，腰弯里，脖子上，
羞得她直飏在半空里，刮破了脸；

放进下面走道上洗被单
衬衣大小毛巾的胰子味，
厨房里饭焦鱼腥蒜苗是腐乳的沁芳南，
还有弄堂里的人声比狗叫更显得松脆。

二

当然不知趣也不止是这西窗，
但这西窗是够顽皮的，
它何尝不知道这是人们打中觉的好时光！
拿一件衣服，不，拿这条绣外国花的毛毯，堵死了它，给闷死了它：
耶稣死了我们也好睡觉！

直着身子，不好，弯着来，
学一只卖弄风骚的大龙虾，
在清浅的水滩上引诱水波的荡意！
对呀，叫迷离的梦意像浪丝似的
爬上你的胡须，你的衣袖，你的呼吸……
你对着你脚上又新破了一个大窟窿的袜子发愣或是忙着送玲巧的手指到神秘的胳肢窝搔痒——可不搔痒的时候

你的思想不见得会长上那拿把不住的大翅膀：

谢谢天，这是烟士披里纯来到的刹那间
因为有窟窿的破袜是绝对的理性，
胳肢窝里虱类的痒是不可怀疑的实在。

三

香炉里的烟，远山上的雾，人的贪嗔和心机；
经络里的风湿，话里的刺，笑脸上的毒，
谁说这宇宙这人生不够富丽的？
你看那市场上的盘算，比那矗着大烟筒
走大洋海的船的肚子里的机轮更来得复杂，
血管里疙瘩着几两几钱，几钱几两，
脑子里也不知哪来这许多尖嘴的耗子爷？

还有那些比柱石更重实的大人们，他们也有他们的盘算；

他们手指间夹着的雪茄虽则也冒着一卷卷成云彩的烟，

但更曲折，更奥妙，更像长虫的翻戏，是他们心里的算计，怎样到意大利喀辣辣矿山里去搬

运一个大石座来站他一个足够与灵龟比赛的年岁，
何况还有波斯兵的长枪，匈奴的暗箭……

再有从上帝的创造里单独创造出来曾向农商部呈请创造专利的文学先生们，这是个奇迹的奇迹，
正如狐狸精对着月光吞吐她的命珠，
他们也是在月光勾引潮汐时学得他们的职业秘密。
青年的血，尤其是滚沸过的心血，是可口的：——
他们借用普罗列塔里亚的瓢匙在彼此请呀请的舀着喝
他们将来铜像的地位一定望得见朱温张献忠的。

绣着大红花的俄罗斯毛毯方才拿来蒙住西窗的也不知怎的滑溜了下来，不容做梦人继续他的冒险，
但这些滑腻的梦意钻软了我的心
像春雨的细脚踹软了道上的春泥。
西窗还是不挡着的好，虽则弄堂里的人声
有时比狗叫更显得松脆。

这是谁说的：“拿手擦擦你的嘴，
这人间世在洪荒中不住的转，
像老妇人在空地里捡可以当柴烧的材料？”

（原载于1928年6月10日《新月》第1卷第4号）

他眼里有你

我攀登了万仞的高冈，
荆棘扎烂了我的衣裳，
我向飘渺的云天外望——
上帝，我望不见你！

我向坚厚的地壳里掏，
捣毁了蛇龙们的老巢，
在无底的深潭里我叫——
上帝，我听不到你！

我在道旁见一个小孩：
活泼，秀丽，褴褛的衣衫；
他叫声妈，眼里亮着爱——
上帝，他眼里有你！

（本诗原载于 1928 年 12 月 10 日《新月》第 1 卷第 10 号）

黄　鹂

一掠颜色飞上了树。
“看，一只黄鹂！”有人说。
翘着尾尖，它不作声，
艳异照亮了浓密——
象是春光，火焰，象是热情。

等候它唱，我们静着望，
怕惊了它。但它一展翅，
冲破浓密，化一朵彩云；
它飞了，不见了，没了——
象是春光，火焰，象是热情。

（本诗原载于1930年2月10日《新月》第2卷第12号）

两个月亮

我望见两个月亮：
一般的样，不同的相。
一个这时正在天上，
披敞着雀毛的衣裳；
她不吝惜她的恩情，
满地全是她的金银。
她不忘故宫的琉璃，
三海间有她的清丽。
她跳出云头，跳上树，
又躲进新绿的藤萝。
她那样玲珑，那样美，
水底的鱼儿也得醉！

但她有一点子不好，

她老爱向瘦小里耗；

有时满天只见星点，

没了那迷人的圆脸，

虽则到时候照样回来，

但这份相思有些难挨！

还有那个你看不见，

虽则不提有多么艳！

她也有她醉涡的笑，

还有转动时的灵妙；

说慷慨她也从不让人，

可惜你望不到我的园林！

可贵是她无边的法力，

常把我灵波向高里提：

我最爱那银涛的汹涌，

浪花里有音乐的银钟；

就那些马尾似的白沫，

也比得珠宝经过雕琢。

一轮完美的明月，

又况是永不残缺！

只要我闭上这一双眼，

她就婷婷的升上了天！

四月二日月圆深夜

（原载于1931年4月20日《诗刊》第2期）

深　夜

深夜里，街角上，
梦一般的灯芒。

烟雾迷裹着树！
怪得人错走了路？

“你害苦了我——冤家！”
她哭，他——不答话。

晓风轻摇着树尖：
掉了，早秋的红艳。

伦敦旅次，九月

（本诗作于1928年9月，
原载于1929年1月《新月》第1卷第11号）

季　候

一

他俩初起的日子，
像春风吹着春花。
花对风说“我要”，
风不回话：他给！

二

但春花早变了泥，
春风也不知去向。

她怨，说天时太冷；

“不久就冻冰。”他说。

（本诗作于1930年2月，

原载于1930年2月10日《新月》第2卷第12号）

春的投生

昨晚上，
再前一晚也是的，
在雷雨的猖狂中
春
投生入残冬的尸体。

不觉得脚下的松软，
耳鬓间的温驯吗？
树枝上浮着青，
潭里的水漾成无限的缠绵；
再有你我肢体上
胸膛间的异样的跳动；

桃花早已开上你的脸，

我在更敏锐的消受
你的媚，吞咽
你的连珠的笑；

你不觉得我的手臂
更迫切的要求你的腰身，
我的呼吸投射到你的身上
如同万千的飞萤投向光焰？

这些，还有别的许多说不尽的，
和着鸟雀们的热情的回荡，
都在手携手的赞美着
春的投生。

二月二十八日

（本诗作于1929年2月28日，
原载于1929年12月10日《新月》第2卷第10号）

杜　鹃

杜鹃，多情的鸟，他终宵唱：
在夏荫深处，仰望着流云
飞蛾似围绕亮月的明灯，
星光疏散如海滨的渔火，
甜美的夜在露湛里休憩，
他唱，他唱一声"割麦插禾"——
农夫们在天放晓时惊起。

多情的鹃鸟，他终宵声诉，
是怨，是慕，他心头满是爱，
满是苦，化成缠绵的新歌，
柔情在静夜的怀中颤动；
他唱，口滴着鲜血，斑斑的，
染红露盈盈的草尖，晨光

轻摇着园林的迷梦；他叫，

他叫，他叫一声“我爱哥哥！”

（本诗作于1929年4月，

原载于1929年5月10日《新月》第2卷第3号）

秋　月

一样是月色，

今晚上的，因为我们都在抬头看——

看它，一轮腴满的妩媚，

从乌黑得如同暴徒一般的

云堆里升起——

看得格外的亮，分外的圆。

它展开在道路上，

它飘闪在水面上，

它沉浸在

水草盘结得如同忧愁般的

水底；

它睥睨在古城的雉堞上，

万千的城砖在它的清亮中
呼吸，
它抚摸着
错落在城厢外内的墓墟，
在宿鸟的断续的呼声里，
想见新旧的鬼，
也和我们似的相依偎的站着，
眼珠放着光，
咀嚼着彻骨的阴凉：
银色的缠绵的诗情
如同水面的星磷，
在露盈盈的空中飞舞。
听那四野的吟声——
永恒的卑微的谐和，
悲哀揉和着欢畅，
怨仇与恩爱，
晦冥交抱着火电，
在这敻绝的秋夜与秋野的
苍茫中，
“解化”的伟大
在一切纤微的深处

展开了

婴儿的微笑！

十月中

（本诗作于 1930 年 10 月中旬，
原载于 1930 年 11 月《现代学生》第 1 卷第 2 期）

枉　然

你枉然用手锁着我的手，
女人，用口擒住我的口，
枉然用鲜血注入我的心，
火烫的泪珠见证你的真；

迟了！你再不能叫死的复活，
从灰土里唤起原来的神奇；
纵然上帝怜念你的过错，
他也不能拿爱再交给你！

（本诗作于 1928 年 11 月，
原载于 1928 年 12 月《新月》第 1 卷第 10 号）

山　中

庭院是一片静，
听市谣围抱；
织成一片松影——
看当头月好！

不知今夜山中
是何等光景：
想也有月，有松，
有更深的静。

我想攀附月色，
化一阵清风，
吹醒群松春醉，
去山中浮动；

吹下一针新碧，

掉在你窗前；

轻柔如同叹息——

不惊你安眠！

四月一日

（作于1931年，

原载于1931年4月20日《诗刊》第2期）

阔的海

阔的海空的天我不需要，
我也不想放一只巨大的纸鹞
上天去捉弄四面八方的风；
我只要一分钟
我只要一点光
我只要一条缝——
像一个小孩爬伏
在一间暗屋的窗前
望着西天边不死的
一条缝，
一点光，
一分钟。

（本诗约作于 1931 年）

云 游

序

我真是说不出的悔恨为甚么我以前老是懒得写东西。志摩不知逼我几次，要我同他写一点序，有两回他将笔墨都预备好，只叫随便涂几个字，可是我老是写不到几行，不是头晕即是心跳，只好对着他发愣，抬头望着他的嘴盼他吐出圣旨来我即可以立时的停笔。那时间他也只得笑着对我说："好了，好了，太太我真拿你没有办法，去耽着吧！回头又要头痛了。"走过来掷去了我的笔，扶了我就此耽下了，再也不想接续下去。我只能默默然的无以相对，他也只得对我干笑，几次的张罗结果终成泡影。

又谁能料到今天在你去后我才真的认真的算动笔写东西，回忆与追悔便将我的思潮模糊得无从捉摸。说也惨，这头一次的序竟成了最后的一篇，那得叫我不一阵心酸，难道说这也是上帝早已安排定了的么？

不要说是写序我不知道应该如何落笔，压根儿我就不会写东西，虽然志摩常说我的看东西的决断比谁都强，可是轮到自己动笔就抓瞎了。这也怪平时太懒的原故。志摩的东西说也惭愧多半没有读过，这一件事有时使得他很生气的。也有时偶尔看一两篇，可从来也未曾夸过他半句，不管我心里是够多么的叹服，多么赞美我的摩。有时他若自读自赞的，我还要骂他臭美呢。说也奇怪要是我不喜欢的东西，只要说一句“这篇不大好”他就不肯发表。有时我问他你怪不怪我老是这样苛刻的批评你，他总说：“我非但不怪你还爱你能时常的鞭策，我不要容我有半点的‘臭美’，因为只有你肯说实话，别人老是一味恭维。”话虽如此，可是有时他也怪我为甚么老是好像不希罕他写的东西似的。

其实我也同别人一样的崇拜他，不是等他过后我才夸他，说实话他写的东西是比一般人来得俏皮。他的诗有几首真是写得像活的一样，有的字用得别提多美呢！有些神仙似的句子看了真叫人神往，叫人忘却人间有烟火气。它的体格真是高超，我真服他从甚么地方想出来的。诗是没有话说不用我赞，自有公论。散文也是一样流利，有时想学也是学不来的。但是他缺少写小说的天才，每次他老是不满意，我看了也是觉得少了点甚么似的，也不知道是甚么道理，我这一点浅薄的学识便说不出所以然来。

洵美叫我写摩的《云游》的序，我还不知道他这《云游》是几时写的呢！云游！可不是，他真的云游去了，这一本怕是他最后的诗集了，家里零碎的当然还有，可是不知够一本不。这些日因为成天的记忆他，只得不离手的看他的信同书，愈好当然愈是伤感，可叹奇才遭天妒，从此我再也见不着他的可爱的诗句了。

当初他写东西的时候，常常喜欢我在书桌边上捣乱，他说有时在逗笑的时间往往有绝妙的诗意不知不觉的驾临的，他的《巴黎的鳞爪》《翡冷翠的一夜》《自剖》都是在我的又小又乱的书桌上出产的。书房书桌我也不知给他预备过多少次，当然比我的又清又洁，可是他始终不肯独自静静的去写的，人家写东西，我知道是大半喜欢在人静更深时动笔的，他可不然，最喜欢在人多的地方，尤其是离不了我，除我不在他的身旁。我是一个极懒散的人，最不知道怎样收拾东西，我书桌上是乱的连手都几乎放不下的，当然他写完的东西我是轻易也不会想着给收拾好，所以他隔夜写的诗常常次晨就不见了，嘟着嘴只好怨我几声，现在想来真是难过，因为诗意偶然得来的是不轻容易再来的，我不知毁了他多少首美的小诗，早知他要离开我这样的匆促，我赌咒也不那样的大意的。真可恨，为甚么人们不能知道将来的一切。

我写了半天也不知胡诌了些甚么，头早已晕了，手也发抖了，心也痛了，可是没有人来掷我的笔了。四周只是寂静，房中只闻滴答的钟声，再没有志摩的“好了，好了”的声音了。写到此地不由我阵阵的心酸，人生的变态真叫人难以捉摸，一霎眼，一皱眉，一切都可以大翻身。我再也想不到我生命道上还有这一幕悲惨的剧。人生太可怪了。

我现在居然还有同志摩写一篇序的机会，这是我早答应过他而始终没有实行的，将来我若出甚么书是再也得不着他半个字了，虽然他也早已答应过我的。看起来还是他比我运气，我从此只成单独的了。

我再也写不下去了，没有人叫我停，我也只得自己停了。我眼前只是一阵阵的模糊，伤心的血泪充满着我的眼眶，再也分不清白纸与黑墨。志摩的幽魂不知到底有一些回忆能力不？你若搁笔还不见持我笔的手！

小曼，二〇，一二，三〇

云　游

那天你翩翩的在空际云游，
自在，轻盈，你本不想停留
在天的那方或地的那角，
你的愉快是无拦阻的逍遥。

你更不经意在卑微的地面。
有一流涧水，虽则你的明艳
在过路时点染了他的空灵，
使他惊醒，将你的倩影抱紧。

他抱紧的只是绵密的忧愁，
因为美不能在风光中静止；
他要，你已飞渡万重的山头，
去更阔大的湖海投射影子！

他在为你消瘦，那一流涧水，

在无能的盼望，盼望你飞回！

（本诗约作于1931年）

你　去

你去，我也走，我们在此分手；
你上那一条大路，你放心走，
你看那街灯一直亮到天边，
你只消跟从这光明的直线！
你先走，我站在此地望着你，
放轻些脚步，别教灰土扬起，
我要认清你的远去的身影，
直到距离使我认你不分明，
再不然我就叫响你的名字，
不断的提醒你有我在这里
为消解荒街与深晚的荒凉，
目送你归去……
不，我自有主张，
你不必为我忧虑；你走大路，

我进这条小巷，你看那棵树，
高抵着天，我走到那边转弯，
再过去是一片荒野的凌乱：
有深潭，有浅洼，半亮着止水，
在夜芒中像是纷披的眼泪；
有石块，有钩刺胫踝的蔓草，
在期待过路人疏神时绊倒！
但你不必焦心，我有的是胆，
凶险的途程不能使我心寒。
等你走远了，我就大步向前，
这荒野有的是夜露的清鲜；
也不愁愁云深裹，但须风动，
云海里便波涌星斗的流汞；
更何况永远照彻我的心底；
有那颗不夜的明珠，我爱你！

（作于1931年8月，

原载于1931年10月5日《诗刊》第3期）

火车擒住轨

火车擒住轨，在黑夜里奔：
过山，过水，过陈死人的坟；

过桥，听钢骨牛喘似的叫，
过荒野，过门户破烂的庙；

过池塘，群蛙在黑水里打鼓，
过噤口的村庄，不见一粒火；

过冰清的小站，上下没有客，
月台袒露着肚子，像是罪恶。

这时车的呻吟惊醒了天上
三两个星，躲在云缝里张望：

那是干什么的，他们在疑问，
大凉夜不歇着，直闹又是哼，

长虫似的一条，呼吸是火焰，
一死儿往暗里闯，不顾危险，

就凭那精窄的两道，算是轨，
驮着这份重，梦一般的累坠。

累坠！那些奇异的善良的人，
放平了心安睡，把他们不论

俊的村的命全盘交给了它，
不论爬的是高山还是低洼，

不问深林里有怪鸟在诅咒，
天象的辉煌全对着毁灭走；

只图眼前过得，裂大嘴打呼，
明儿车一到，抢了皮包走路！

这态度也不错，愁没有个底；

你我在天空，那天也不休息，

睁大了眼，什么事都看分明，
但自己又何尝能支使运命？

说什么光明，智慧永恒的美，
彼此同是在一条线上受罪；

就差你我的寿数比他们强，
这玩艺反正是一片糊涂账。

（本诗作于1931年7月19日，
原载于1931年10月5日《诗刊》第3期）

鲤　跳

那天你走近一道小溪，
我说“我抱你过去。”你说“不。”
“那我总得搀你。”你又说“不。”
“你先过去，”你说，“这水多丽！”

“我愿意做一尾鱼，一支草，
在风光里长，在风光里睡，
收拾起烦恼，再不用流泪：
现在看！我这锦鲤似的跳！”

一闪光艳，你已纵过了水；
脚点地时那轻，一身的笑，
像柳丝，腰还在俏丽的摇；
水波里满是鲤鳞的霞绮！

七月九日

（本诗作于1930年7月9日，
原载于1931年1月10日《新月》第3卷第10号）

别拧我，疼

“别拧我，疼”……
你说，微锁着眉心。

那“疼”，一个精圆的半吐，
在舌尖上溜——转。

一双眼也在说话，
睛光里漾起
心泉的秘密。

梦
洒开了
轻纱的网。

“你在哪里？”

“让我们死。”你说。

（本诗原载于1931年10月5日《诗刊》第3期）

在病中

我是在病中，这恹恹的倦卧，

看窗外云天，听木叶在风中……

是鸟语吗？院中有阳光暖和，

一地的衰草，墙上爬着藤萝，

有三五斑猩的，苍的，在颤动。

一半天也成泥……

城外，啊西山！

太辜负了，今年，翠微的秋容！

那山中的明月，有弯，也有环：

黄昏时谁在听白杨的哀怨？

谁在寒风里赏归鸟的群喧？

有谁上山去漫步，静悄悄的，

去落叶林中捡三两瓣菩提？

有谁去佛殿上披拂着尘封，

在夜色里辨认金碧的神容？

这病中心情：一瞬瞬的回忆，

如同天空，在碧水潭中过路，

透映在水纹间斑驳的云翳；

又如阴影闪过虚白的墙隅，

瞥见时似有，转眼又复消散；

又如缕缕炊烟，才袅袅，又断……

又如暮天里不成字的寒雁，

飞远，更远，化入远山，化作烟！

又如在暑夜看飞星，一道光

碧银银的抹过，更不许端详。

又如兰蕊的清芬偶尔飘过，

谁能留住这没影踪的婀娜？

又如远寺的钟声，随风吹送，

在春宵，轻摇你半残的春梦！

一九三一年五月续成七年前残稿

（原载于 1931 年 10 月 5 日《诗刊》第 3 期）

雁儿们

雁儿们在云空里飞，
看她们的翅膀，
看她们的翅膀，
有时候纡回，
有时候匆忙。

雁儿们在云空里飞，
晚霞在她们身上，
晚霞在她们身上，
有时候银辉，
有时候金芒。

雁儿们在云空里飞，

听她们的歌唱！

听她们的歌唱！

有时候伤悲，

有时候欢畅。

雁儿们在云空里飞，

为什么翱翔？

为什么翱翔？

她们少不少旅伴？

她们有没有家乡？

雁儿们在云空里彷徨，

天地就快昏黑！

天地就快昏黑！

前途再没有天光，

孩子们往哪儿飞？

天地在昏黑里安睡，

昏黑迷住了山林，

昏黑催眠了海水；

这时候有谁在倾听

昏黑里泛起的伤悲。

（作于1931年7月，

原载于1931年9月20日《北斗》创刊号）

领　罪

这也许是个最好的时刻。
不是静。对面园里的鸟，
从杜鹃到麻雀，已在叫晓。
我也再不能抵抗我的困，
它压着我像霜压着树根；
断片的梦已在我的眼前
飘拂，像在晓风中的树尖。
也不是有什么非常的事，
逼着我决定一个否与是。
但我非得留着我的清醒，
用手推着黑甜乡的诱引：
因为这是我唯一的机会，
自己到自己跟前来领罪。

领罪，我说不是罪是什么？

这日子过得有什么话说！

（原载于1932年7月30日《诗刊》第4期）

难　忘

这日子——从天亮到昏黄，
虽则有时花般的阳光，
从郊外的麦田，
半空中的飞燕，
照亮到我劳倦的眼前，
给我刹那间的舒爽，
我还是不能忘——
不忘旧时的积累，
也不分是恼是愁是悔，
在心头，在思潮的起伏间，
像是迷雾，像是诅咒的凶险：
它们包围，它们缠绕，
它们狞露着牙，它们咬，
它们烈火般的煎熬，

它们伸拓着巨灵的掌，

把所有的忻快拦挡……

（作于1931年秋，原载于1932年7月30日《诗刊》第4期）

爱的灵感

——奉适之

下面这些诗行好歹是他撩拨出来的，正如
这十年来大多数的诗行好歹是他撩拨出来的！

不妨事了，你先坐着罢，
这阵子可不轻，我当是
已经完了，已经整个的
脱离了这世界，飘渺的，
不知到了哪儿。仿佛有
一朵莲花似的云拥着我，
（她脸上浮着莲花似的笑）
拥着到远极了的地方去……
唉，我真不希罕再回来，

人说解脱，那许就是罢！

我就像是一朵云，一朵

纯白的，纯白的云，一点

不见分量，阳光抱着我，

我就是光，轻灵的一球，

往远处飞，往更远的飞；

什么累赘，一切的烦愁，

恩情，痛苦，怨，全都远了，

就是你——请你给我口水，

是橙子吧，上口甜着哪——

就是你，你是我的谁呀！

就你也不知哪里去了：

就有也不过是晓光里

一发的青山，一缕游丝，

一翳微妙的晕；说至多

也不过如此，你再要多

我那朵云也不能承载，

你，你得原谅，我的冤家！……

不碍，我不累，你让我说，

我只要你睁着眼，就这样，

叫哀怜与同情，不说爱，

在你的泪水里开着花，

我陶醉着它们的幽香，
在你我这最后，怕是吧，
一次的会面，许我放娇，
容许我完全占定了你，
就这一晌，让你的热情，
像阳光照着一流幽涧，
透澈我的凄冷的意识，
你手把住我的，正这样，
你看你的壮健，我的衰，
容许我感受你的温暖，
感受你在我血液里流，
鼓动我将次停歇的心，
留下一个不死的印痕：
这是我唯一，唯一的祈求……
好，我再喝一口，美极了，
多谢你。现在你听我说。
但我说什么呢，到今天，
一切事都已到了尽头，
我只等待死，等待黑暗，
我还能见到你，偎着你，
真像情人似的说着话，
因为我够不上说那个，

你的温柔春风似的围绕，
这于我是意外的幸福，
我只有感谢，（她合上眼。）
什么话都是多余，因为
话只能说明能说明的，
更深的意义，更大的真，
朋友，你只能在我的眼里，
在枯干的泪伤的眼里认取。
我是个平常的人，
我不能盼望在人海里
值得你一转眼的注意。
你是天风：每一个浪花
一定得感到你的力量，
从它的心里激出变化，
每一根小草也一定得
在你的踪迹下低头，在
绿的颤动中表示惊异；
但谁能止限风的前程，
他横掠过海，作一声吼，
狮虎似的扫荡着田野，
当前是冥茫的无穷，他
如何能想起曾经呼吸

到浪的一花，草的一瓣？
遥远是你我间的距离；
远，太远！假如一只夜蝶
有一天得能飞出天外，
在星的烈焰里去变灰
（我常自己想）那我也许
有希望接近你的时间。
唉，痴心，女子是有痴心的，
你不能不信罢？有时候
我自己也觉得真奇怪，
心窝里的牢结是谁给
打上的？为什么打不开？
那一天我初次望到你，
你闪亮得如同一颗星，
我只是人丛中的一点，
一撮沙土，但一望到你，
我就感到异样的震动，
猛袭到我生命的全部，
真像是风中的一朵花，
我内心摇晃得像昏晕，
脸上感到一阵的火烧，
我觉得幸福，一道神异的

光亮在我的眼前扫过，
我又觉得悲哀，我想哭，
纷乱占据了我的灵府。
但我当时一点不明白，
不知这就是陷入了爱！
“陷入了爱，”真是的！前缘，
孽债，不知到底是什么？
但从此我再没有平安，
是中了毒，是受了催眠，
教运命的铁链给锁住，
我再不能踌躇：我爱你！
从此起，我的一瓣瓣的
思想都染着你，在醒时，
在梦里，想躲也躲不去，
我抬头望，蓝天里有你，
我开口唱，悠扬里有你，
我要遗忘，我向远处跑，
另走一道，又碰到了你！
枉然是理智的殷勤，因为
我不是盲目，我只是痴。
但我爱你，我不是自私。
爱你，但永不能接近你。

爱你，但从不要享受你。
即使你来到我的身边，
我许向你望，但你不能
丝毫觉察到我的秘密。
我不妒忌，不艳羡，因为
我知道你永远是我的，
它不能脱离我正如我
不能躲避你，别人的爱
我不知道，也无须知晓，
我的是我自己的造作，
正如那林叶在无形中
收取早晚的霞光，我也
在无形中收取了你的。
我可以，我是准备，到死
不露一句，因为我不必。
死，我是早已望见了的。
那天爱的结打上我的
心头，我就望见死，那个
美丽的永恒的世界；死，
我甘愿的投向，因为它
是光明与自由的诞生。
从此我轻视我的躯体，

更不计较今世的浮荣，
我只企望着更绵延的
时间来收容我的呼吸，
灿烂的星做我的眼睛，
我的发丝，那般的晶莹，
是纷披在天外的云霞，
博大的风在我的腋下
胸前眉宇间盘旋，波涛
冲洗我的胫踝，每一个
激荡涌出光艳的神明！
再有电火做我的思想，
天边掣起蛇龙的交舞，
雷震我的声音，蓦地里
叫醒了春，叫醒了生命。
无可思量，呵，无可比况，
这爱的灵感，爱的力量！
正如旭日的威棱扫荡
田野的迷雾，爱的来临
也不容平凡，卑琐以及
一切的庸俗侵占心灵，
它那原来清爽的平阳。
我不说死吗？更不畏惧，

再没有疑虑，再不吝惜
这躯体如同一个财虏；
我勇猛的用我的时光。
用我的时光，我说？天哪，
这多少年是亏我过的！
没有朋友，离背了家乡，
我投到那寂寞的荒城，
在老农中间学做老农，
穿着大布，脚登着草鞋，
栽青的桑，栽白的木棉，
在天不曾放亮时起身，
手搅着泥，头戴着炎阳，
我做工，满身浸透了汗，
一颗热心抵挡着劳倦；
但渐次的我感到趣味，
收拾一把草如同珍宝，
在泥水里照见我的脸，
涂着泥，在坦白的云影
前不露一些羞愧！自然
是我的享受；我爱秋林，
我爱晚风的吹动，我爱
枯苇在晚凉中的颤动，

半残的红叶飘摇到地，
鸦影侵入斜日的光圈；
更可爱是远寺的钟声
交挽村舍的炊烟共做
静穆的黄昏！我做完工，
我慢步的归去，冥茫中
有飞虫在交哄，在天上
有星，我心中亦有光明！
到晚上我点上一支蜡，
在红焰的摇曳中照出
板壁上唯一的画像，
独立在旷野里的耶稣，
(因为我没有你的除了
悬在我心里的那一幅)，
到夜深静定时我下跪，
望着画像做我的祈祷，
有时我也唱，低声的唱，
发放我的热烈的情愫
缕缕青烟似的上通到天。
但有谁听到，有谁哀怜？
你踞坐在荣名的顶巅，
有千万人迎着你鼓掌，

我，陪伴我有冷，有黑夜，
我流着泪，独跪在床前！
一年，又一年，再过一年，
新月望到圆，圆望到残，
寒雁排成了字，又分散，
鲜艳长上我手栽的树，
又叫一阵风给刮做灰。
我认识了季候，星月与
黑夜的神秘，太阳的威，
我认识了地土，它能把
一颗子培成美的神奇，
我也认识一切的生存，
爬虫，飞鸟，河边的小草，
再有乡人们的生趣，我
也认识，他们的单纯与
真，我都认识。
跟着认识
是愉快，是爱，再不畏虑
孤寂的侵凌。那三年间
虽则我的肌肤变成粗，
焦黑熏上脸，剥坼刻上
手脚，我心头只有感谢：

因为照亮我的途径有
爱，那盏神灵的灯，再有
穷苦给我精力，推着我
向前，使我怡然的承当
更大的穷苦，更多的险。
你奇怪吧，我有那能耐？
不可思量是爱的灵感！
我听说古时间有一个
孝女，她为救她的父亲
胆敢上犯君王的天威，
那是纯爱的驱使我信。
我又听说法国中古时
有一个乡女子叫贞德，
她有一天忽然脱去了
她的村服，丢了她的羊，
穿上戎装拿着刀，带领
十万兵，高叫一声“杀贼”，
就冲破了敌人的重围，
救全了国，那也一定是
爱！因为只有爱能给人
不可理解的英勇和胆，
只有爱能使人睁开眼，

认识真，认识价值，只有
爱能使人全神的奋发，
向前闯，为了一个目标，
忘了火是能烧，水能淹。
正如没有光热这地上
就没有生命，要不是爱，
那精神的光热的根源，
一切光明的惊人的事
也就不能有。
啊，我懂得！
我说“我懂得”我不惭愧：
因为天知道我这几年，
独自一个柔弱的女子，
投身到灾荒的地域去，
走千百里巉岈的路程，
自身挨着饿冻的惨酷
以及一切不可名状的
苦处说来够写几部书，
是为了什么？为了什么
我把每一个老年灾民
不问他是老人是老妇，
当作生身父母一样看，

每一个儿女当作自身
骨血，即使不能给他们
救度，至少也要吹几口
同情的热气到他们的
脸上，叫他们从我的手
感到一个完全在爱的
纯净中生活着的同类？
为了什么我甘愿哺啜
在平时乞丐都不屑的
饮食，吞咽腐朽与肮脏
如同可口的膏粱；甘愿
在尸体的恶臭能醉倒
人的村落里工作如同
发见了什么珍异？为了
什么？就为“我懂得，”朋友，
你信不？我不说，也不能
说，因为我心里有一个
不可能的爱所以发放
满怀的热到另一方向，
也许我即使不知爱也
能同样做，谁知道，但我
总得感谢你，因为从你

我获得生命的意识和
在我内心光亮的点上，
又从意识的沉潜引渡
到一种灵界的莹澈，又
从此产生智慧的微芒
致无穷尽的精神的勇。
啊，假如你能想象我在
灾地时一个夜的看守！
一样的天，一样的星空，
我独自在旷野里或在
桥梁边或在剩有几簇
残花的藤蔓的村篱边
仰望，那时天际每一个
光亮都为我生着意义，
我饮咽它们的美如同
音乐，奇妙的韵味通流
到内脏与百骸，坦然的
我承受这天赐不觉得
虚怯与羞惭，因我知道
不为己的劳作虽不免
疲乏体肤，但它能拂拭

我们的灵窍如同琉璃，
利便天光无碍的通行。

我话说远了不是？但我
已然诉说到我最后的
回目，你纵使疲倦也得
听到底，因为别的机会
再不会来。你看我的脸
烧红得如同石榴的花；
这是生命最后的光焰，
多谢你不时的把甜水
浸润我的咽喉，要不然
我一定早叫喘息窒死。
你的“懂得”是我的快乐。
我的时刻是可数的了，
我不能不赶快！
我方才
说过我怎样学农，怎样
到灾荒的魔窟中去伸
一只柔弱的奋斗的手，
我也说过我灵的安乐

对满天星斗不生内疚。
但我终究是人是软弱，
不久我的身体得了病，
风雨的毒浸入了纤微，
酿成了猖狂的热。我哥
将我从昏盲中带回家，
我奇怪那一次还不死，
也许因为还有一种罪
我必得在人间受。他们
叫我嫁人，我不能推托。
我或许要反抗假如我
对你的爱是次一等的，
但因我的既不是时空
所能衡量，我即不计较
分秒间的短长，我做了
新娘，我还做了娘，虽则
天不许我的骨血存留。
这几年来我是个木偶，
一堆任凭摆布的泥土；
虽则有时也想到你，但
这想到是正如我想到

西天的明霞或一朵花，
不更少也不更多。同时
病，一再的回复，销蚀了
我的躯壳，我早准备死，
怀抱一个美丽的秘密，
将永恒的光明交付给
无涯的幽冥。我如果有
一个母亲我也许不忍
不让她知道，但她早已
死去，我更没有沾恋；我
每次想到这一点便忍
不住微笑漾上了口角。
我想我死去再将我的
秘密化成仁慈的风雨，
化成指点希望的长虹，
化成石上的苔藓，葱翠
淹没它们的冥顽；化成
黑暗中翅膀的舞，化成
农时的鸟歌；化成水面
锦绣的文章；化成波涛，
永远宣扬宇宙的灵通，

化成月的惨绿在每个
睡孩的梦上添深颜色；
化成系星间的妙乐……
最后的转变是未料的；
天叫我不遂理想的心愿，
又叫在热谵中漏泄了
我的怀内的珠光！但我
再也不梦想你竟能来，
血肉的你与血肉的我
竟能在我临去的俄顷
陶然的相偎倚，我说，你
听，你听，我说。真是奇怪，
这人生的聚散！
现在我
真真可以死了，我要你
这样抱着我直到我去，
直到我的眼再不睁开，
直到我飞，飞，飞去太空，
散成沙，散成光，散成风，
啊苦痛，但苦痛是短的，
是暂时的；快乐是长的，

爱是不死的：

我，我要睡……

十二月二十五日晚六时完成

（原载于1931年1月20日《诗刊》第1期）

集外集

笑解烦恼结（送幼仪）

一

这烦恼结，是谁家扭得水尖儿难透？
这千缕万缕烦恼结是谁家忍心机织？
这结里多少泪痕血迹，应化沈碧！
忠孝节义——咳，忠孝节义谢你维系
四千年史髅不绝，
却不过把人道灵魂磨成粉屑，
黄海不潮，昆仑叹息，
四万万生灵，心死神灭，中原鬼泣！
咳，忠孝节义！

二

东方晓，到底明复出，
如今这盘糊涂账，
如何清结？

三

莫焦急，万事在人为，只消耐心
共解烦恼结。
虽严密，是结，总有丝缕可觅，
莫怨手指儿酸、眼珠儿倦，
可不是抬头已见，快努力！

四

如何！毕竟解散，烦恼难结，烦恼苦结。

来，如今放开容颜喜笑，握手相劳；

此去清风白日，自由道风景好。

听身后一片声欢，争道解散了结儿，

消除了烦恼！

（本诗原载于1922年11月8日《新浙江报·新朋友》）

草上的露珠儿

草上的露珠儿
颗颗是透明的水晶球，
新归来的燕儿
在旧巢里呢喃个不休；

诗人哟！可不是春至人间
还不放开你
创造的喷泉，
嗤嗤！吐不尽南山北山的璠瑜，
洒不完东海西海的琼珠，
融和琴瑟箫笙的音韵，
饮餐星辰日月的光明！
诗人哟！可不是春在人间，

还不开放你
创造的喷泉！

这一声霹雳，
震破了漫天的云雾，
显焕的旭日，
又升临在黄金的宝座；

柔软的南风
吹皱了大海慷慨的面容，
洁白的海鸥
上穿云下没波自在优游；

诗人哟！可不是趁航时候，
还不准备你
歌吟的渔舟！
看哟！那白浪里
金翅的海鲤
白嫩的长鲵，
虾须和蠔脐！
快哟！一头撒网一头放钩，
收！收！

你父母妻儿亲戚朋友
享定了希世的珍馐。
诗人哟！可不是趁航时候，
还不准备你
歌吟的渔舟！

诗人哟！
你是时代精神的先觉者哟！
你是思想艺术的集成者哟！
你是人天之际的创造者哟！
你资材是河海风云，
鸟兽花草神鬼蝇蚊，
一言以蔽之：天文地文人文；

你的洪炉是“印曼桀乃欣”，
永生的火焰“烟士披里纯”，
炼制着诗化美化灿烂的鸿钧；

你是高高在上的云雀天鹨，
纵横四海不问今古春秋，
散布着希世的音乐锦绣；

你是精神困穷的慈善翁，
你展览真善美的万丈虹，
你居住在真生命的最高峰。

（本诗作于 1921 年 11 月）

沙士顿重游随笔

一

许久不见了，满田的青草黄花！
你们在风前点头微笑，仿佛说彼无恙。
今春雨少，你们的面容着实清癯；
我一年来也无非是烦恼踉跄；
见否我白发骈添，首峰的愁痕未隐？
你们是需要雨露，人间只缺少同情。——
青年不受恋爱的滋润，比如春阳霖雨，
照洒沙碛永远不得收成。
但你们还有众多的伴侣；

在“大母”慈爱的胸前，和晨风软语，听晨星骈唱，

每天农夫赶他牛车经过，谈论村前村后的新闻，

有时还有美发罗裙的女郎，来对你们声诉她遭逢的薄幸。

至于我的灵魂，只是常在他囚羁中忧伤岑寂；

他仿佛是“衣司业尔”彷徨的圣羊。

二

许久不见了，最仁善公允的阳光！

你们现在正斜倚在这残破的墙上，

牵动了我不尽的回忆，无限的凄怆。

我从前每晚散步的欢怀，

总少不了你殷勤的照顾。

你吸起人间畅快和悦的心潮，

有似明月钩引湖海的夜汐；

就此荏苒临逝的回光，不但完成一天的功绩，

并且预告晴好的清晨，吩咐勤作的农人，安度良宵。

这满地零乱的栗花，都像在你仁荫里欢舞。

对面楼窗口无告的老翁，

也在饱啜你和煦的同情：
他皱缩昏花的老眼，似告诉人说：
都亏这养老棚朝西，容我每晚享用莫景的温存：
这是天父给我不用求讨的慰藉。

三

许久不见了，和悦的旧邻居！
那位白须白发的先生，正在趁晚凉将水浇菜，
老夫人穿着蓝布的长裙，站在园篱边微笑。
一年过得容易，
那篱畔的苹花，已经落地成泥！
这些色香两绝的玫瑰的种畤在八十老人跟前，
好比艳眼的少艾，独倚在虬松古柏的中间，
他们笑着对我说结婚已经五十三年，
今年十月里预备金婚；
来到此村三十九年，老夫人从不曾半日离家，
每天五时起工作，眠食时刻，四十年如一日；
莫有儿女，彼此如形影相随，
但管门前花草后园蔬果，

从不问村中事情，更不晓世上有春秋，

老夫人拿出他新制的杨梅酱来请我尝味，

因为去年我们在时吃过，曾经赞好。

四

那灰色墙边的自来井前，上面盖着栗树的浓荫，残花还不时地堕落，

站着位十八的郎，

他发上络住一支藤黄色的梳子，衬托着一大股蓬松的褐色细麻，

转过头来见了我，微微一笑，

脂红的唇缝里，漏出了一声有意无意的“你好！”

五

那边半尺多厚干草，铺顶的低屋前，

依旧站着一年前整天在此的一位褴褛老翁，

他曲着背将身子承住在一根黑色杖上，

后脑仅存几茎白发，和着他有音节的咳嗽，上下颤动。

我走过他跟前，照例说了晚安，

他抬起头向我端详，

一时口角的皱纹，齐向下颌紧叠，

吐露些不易辨认的声响，接着几声干涸的咳嗽，

我瞥见他右眼红腐，像烂桃颜色（并不可怕），

一张绝扁的口，挂着一线口涎。

我心里想阿弥陀佛，这才是老贫病的三角同盟。

六

两条牛并肩在街心里走来，

卖弄他们最庄严的步法。

沉着迟着的蹄声，轻撼了晚村的静默。

一个赤腿的小孩，一手扳着门枢，

一手的指甲腌在口里，

瞪着眼看牛尾的撩拂。

七

一个穿制服的人，向我行礼，

原来是从前替我们送信的邮差，

他依旧穿黑呢红边的制衣，背着皮袋，手里握着一迭信。

只见他这家进，那家出，有几家人在门外等他，

他挨户过去，继续说他的晚安，只管对门牌投信，

他上午中午下午一共巡行三次，每次都是刻板的面目；

雨天风天，晴天雪天，春天冬天，

他总是循行他制定的责务；

他似乎不知道他是这全村多少喜怒悲欢的中介者；

他像是不可防御的运命自身。

有人张着笑口迎他，

有人听得他的足音，便惶恐震栗；

但他自来自去，总是不变的态度。

他好比双手满抓着各式情绪的种子，向心田里四撒；

这家的笑声，那边的幽泣；

全村顿时增加的脉搏心跳，歔欷叹息，

都是盲目工程的结果，

他那里知道人间最大的消息，

都曾在他褴旧的皮袋里住过，

在他干黄的手指里经过——

可爱可怖的邮差呀！

（本诗作于1922年春作于英国，

原载于1923年3月13日《时事新报·学灯》）

青年杂咏

一

青年！
你为什么沉湎于悲哀？
你为什么耽乐于悲哀？
你不幸为今世的青年，
你的天是沉碧奈何天；
你筑起了一座水晶宫殿，
在“眸冷骨累”（melancholy）的河水边；
河流流不尽骨累眸冷，
还夹着些些残枝断梗，

一声声失群雁的悲鸣，

水晶宫朝朝暮暮反映——

映出悲哀，飘零，眸子吟，

无聊，宇宙，灰色的人生，

你独生在宫中，青年呀，

霉朽了你冠上的黄金！

二

青年！

你为什么迟徊于梦境？

你为什么迷恋于梦境？

你幸而为今世的青年，

你的心是自由梦魂心，

你抛弃你尘秽的头巾，

解脱你肮脏的外内衿，

露出赤条条的洁白身，

跃入缥缈的梦潮清冷，

浪势奔腾，侧眼波罅里，

看朝彩晚霞，满天的星，——

梦里的光景，模糊，绵延，
却又分明；梦魂，不愿醒，
为这大自在的无终始，
任凭长鲸吞噬，亦甘心。

三

青年！
你为什么醉心于革命，
你为什么牺牲于革命？
黄河之水来自昆仑巅，
泛流华族支离之遗骸，
挟黄沙莽莽，沉郁音响，
苍凉，惨如鬼哭满中原！
华族之遗骸！浪花汤处。
尚可认伦常礼教，祖先，
神主之断片：——君不见
两岸遗孽，枉戴着忠冠，
孝辫，抱缺守残，泪眼看
风云暗淡，“道丧”的人间！

运也！这狂澜，有谁能挽，

问谁能挽精神之狂澜？

（本诗于1922年春作于英国，

原载于1923年3月18日《时事新报·学灯》）

康桥西野暮色

一个大红日挂在西天
紫云绯云褐云
簇簇斑斑田田
青草黄田白水
郁郁密密鬌鬌
红瓣黑蕊长梗
罂粟花三三两两

一大块透明的琥珀
千百折云凹云凸
南天北天暗暗默默
东天中天舒舒阖阖
宇宙在寂静中构合
太阳在头赫里告别

一阵临风
几声“可可”

一颗大胆的明星
仿佛骄矜的小艇
抵牾着云涛云潮
兀兀漂漂潇潇
侧眼看暮焰沉销
回头见伙伴来！

晚霞在林间田里
晚霞在原上溪底
晚霞在风头风尾
晚霞在村姑眉际
晚霞在燕喉鸦背
晚霞在鸡啼犬吠

晚霞在田陇陌上
陌上田垅行人种种
白发的老妇老翁
屈躬咳嗽龙钟
农夫工罢回家
肩锄手篮口衔菰巴

白衣裳的红腮女郎
攀折几茎白葩红英
笑盈盈翳入绿荫森森
跟着肥满蓬松的“北京”
罂粟在凉园里摇曳
白杨树上一阵鸦啼
夕阳只剩了几痕紫气
满天镶嵌着星巨星细
田里路上寂无声响
榆荫里的村屋微泄灯芒
冉冉有风打树叶的抑扬
前面远远的树影塔光
罂粟老鸦宇宙婴孩
一齐沉沉奄奄眠熟了也

（本诗于 1922 年作于英国，
原载于 1923 年 7 月 7 日《时事新报·学灯》）

你是谁呀？

你是谁呀？
面熟得很，你我曾经会过的，
但在那里呢，竟是无从记起；
是谁引你到我密室里来的？
你满面忧怆的精神，你何以
默不出声，我觉得有些怕惧；
你的肤色好比干蜡，两眼里
泄露无限的饥渴；呀！他们在
迸泪，鲜红，枯干，凶狠的眼泪，
胶在睚帘边，多可怕，多凄惨！
——我明白了：我知晓你的伤感，
憔悴的根源；可怜！我也记起，
依稀，你我的关系像在这里，
那里，云里雾里，哦，是的是的！

但是再休提起：你我的交谊，
从今起，另辟一番天地，是呀，
另辟一番天地；再不用问你
——我希冀——“你是谁呀”？

（本诗于 1922 年作于英国，
原载于 1923 年 5 月 4 日《时事新报·学灯》）

春

康河右岸皆学院，左岸牧场之背，榆荫密覆，大道纡回，一望葱翠，春尤浓郁，但闻虫鸟语，校舍寺塔掩映林巅，真胜处也。迩来草长日丽，时有情耦隐卧草中，密话风流。我常往复其间，辄成左作。

河水在夕阳里缓流，
暮霞胶抹树干树头；
蚱蜢飞，蚱蜢戏吻草光光，
我在春草里看看走走。

蚱蜢匐在铁花胸前，
铁花羞得不住的摇头，

草里忽伸出只藕嫩的手，
将孟浪的跳虫拦腰紧搂。

金花菜，银花菜，星星澜澜，
点缀着天然温暖的青毡，
青毡上青年的情耦，
情意胶胶，情话啾啾。
我点头微笑，南向前走，
观赏这青透春透的园囿，
树尽交柯，草也骈偶，
到处是缱绻，是绸缪。

雀儿在人前猥盼亵语，
人在草处心欢面赧，
我羡他们的双双对对，
有谁羡我孤独的徘徊？

孤独的徘徊！
我心须何尝不热奋震颤，
答应这青春的呼唤，
燃点着希望灿灿，

春呀！你在我怀抱中也！

（本诗于1922年作于英国，

原载于1923年5月30日《时事新报·学灯》）

情死（Liebstch）

玫瑰，压倒群芳的红玫瑰，昨夜的雷雨，原来是你发出的信号——真娇贵的丽质！

你的颜色，是我视觉的醇醪；我想走近你，但我又不敢。

青年！几滴白露在你额上，在晨光中吐艳。

你颊上的笑容，定是天上带来的；可惜世界太庸俗，不能供给他们常住的机会。

你的美是你的运命！

我走近来了；你迷醉的色香又征服了一个灵魂——我是你的俘虏！

你在那里微笑！我在这里发抖，

你已经登了生命的峰极。你向你足下望——一个无底的深潭！

你站在潭边，我站在你的背后，——我，你

的俘虏。

我在这里微笑！你在那里发抖。

丽质是命运的命运。

我已经将你禽捉在手内！我爱你，玫瑰！

色，香，肉体，灵魂，美，迷力——尽在我掌握之中。

我在这里发抖，你——笑。

玫瑰！我顾不得你玉碎香销，我爱你！

花瓣，花萼，花蕊，花刺，你，我——多么痛快啊！——尽胶结在一起，一片狼藉的腥红，两手模糊鲜血。

玫瑰！我爱你！

一九二二，六月。

（本诗作于1922年6月，

原载于1923年2月4日《努力周报》第40期）

小　诗

月，我含羞地说，
请你登记我冷热交感的情泪，
在你专登泪债的哀情录里；

月，我哽咽着说，
请你查一查我年表的滴漓清泪
是放新账还是清旧欠呢？

（本诗原载于1923年4月30日上海《时事新报·学灯》）

“两尼姑”或“强修行”

一

门前几行竹，
后园树荫毵，
墙苔斑驳日影迟，
清妙静淑白岩庵。

庵里何人居？
修道有女师：
大师正中年，
小师甫二十。

大师昔为大家妇，
夫死誓节作道姑，
小师祝发心悲切，
字郎不幸音尘绝。

彼此同怜运不济，
持斋奉佛山隈里；
花开花落春来去，
庵堂里尽日念阿弥。

佛堂庄洁供大士，
大士微笑手拈花，
春慵画静风日眠，
木鱼声里悟禅机。

禅机悟未得，
凡心犹兀兀；
大师未忘人间世，
小师情孽正放花。

情孽放花不自知，
芳心苦闷说无词；
可怜一对笼中鸟，

尽日呢喃尽日翡。

长尼多方自譬解，
人间春色亦烟花；
筵席大小终须散，
出家岂有再还家。

二

繁星天，明月夜，
春花茂，秋草败，
燕双栖，子规啼，
蝶恋花，蜂收蕊——
自然风色最恼人，
出家人对此浑如醉。

门前竹影疏，
后圃树荫绵，
蒲团氤氲里，
有客来翩翩。

客来慕山色，

随喜偶问庵，
小师出应门，
腮颊起红痕。

红痕印颊亦印心，
小女自此懒讽经；
佛缘，
尘缘——
两不可相兼；
枯寂，
生命——
弱俗抑率真？

神气顿恍惚，
清泪湿枕衾，
幼尼亦不言，
长尼亦不问。

三

竹影当婆娑，
树影犹掩映。

如何白岩庵，
不见修行人？

佛堂佛座尽灰积，
拈花大士亦蒙尘，
子规空啼月，
蜘网布庵门。

疏林发凉风，
荒圃有余薪。
鸦闹斜阳里，
似看强修行！

（本诗于1922年作于英国，
原载于1923年5月5日《时事新报·学灯》）

私　语

秋雨在一流清冷的秋水池，
一棵憔悴的秋柳里，
一条怯懦的秋枝上，
一片将黄未黄的秋叶上，
听他亲亲切切喁喁唼唼，
私语三秋的情思情事，情语情节。
临了轻轻将他拂落在秋水秋波的秋晕里，
一涡半转，跟着秋流去。
这秋雨的私语，三秋的情思情事，
情诗情节，也掉落在秋水秋波的秋晕里，
一涡半转，跟着秋流去。

七月二十一日

（原载于1923年4月30日《时事新报·学灯》）

梦游埃及

龙舟画桨
地中海海乐悠扬；
浪涛的中心
有丑怪奋斗汹张；

一轮漆黑的明月，
滚入了青面的太阳——
青面白发的太阳；
太阳又奔赴涛心，将海怪
浇成奇伟的偶像；

大海化成了大漠；
开佛伦王的石像
危时在天地中央；

张口把太阳吃了
遍体发骇人的光亮；
巨万的黄人黑人白人
蠕伏在浪涛汹涌的地面；
金刚般的勇士
大倘步走上了人堆；

人堆里呶呶的怪响
不知是悲切是欢畅；
勇士的金盔金甲
闪闪发亮，烨烨生火；

顷刻大火蟠蟠，火焰里有个
伟丈夫端坐；
像菩萨，
像葛德，
像柏拉图，
坐镇在勇士们头颅砌成的
莲台宝座；

一阵骇人的金电，
这人宝塔又变形为
大漠里清静静地

一座三角金字塔：
一个个金字，都是
放焰的龙珠，
塔高一只高背的骆驼
驮着个不长不短的
人魔——他睁着怪眼大喊道：
“奴隶的人间，可曾看出
此中的消息呀？”

（本诗于1922年作于英国，
原载于1923年5月13日《时事新报·学灯》）

月夜听琴

是谁家的歌声，
和悲缓的琴音，
星茫下，松影间，
有我独步静听。

音波，颤震的音波，
穿破昏夜的凄清，
幽冥，草尖的鲜露，
动荡了我的灵府。

我听，我听，我听出了
琴情，歌者的深心。
枝头的宿鸟休惊，
我们已心心相印。

休道她的芳心忍，
她为你也曾吞声，
休道她淡漠，冰心里
满蕴着热恋的火星。

记否她临别的神情，
满眼的温柔和酸辛，
你握着她颤动的手——
一把恋爱的神经？

记否你临别的心境，
冰流沦彻你全身，
满腔的抑郁，一海的泪，
可怜不自由的魂灵？

松林中的风声哟！
休扰我同情的倾诉；
人海中能有几次
恋潮淹没我的心滨？

那边光明的秋月，
已经脱卸了云衣，

仿佛喜声地笑道，
“恋爱是人类的生机！”

我多情的伴侣哟！
我羡你蜜甜的爱焦。
却不道黄昏和琴音
聊就了你我的神交？

（本诗于 1922 年作于英国，
原载于 1923 年 4 月 1 日《时事新报·学灯》）

人种由来

一

夏娃："你是亚当吗，上帝
　　创造我来伴你的。
　　你从今后再不怕
　　荒凉，再不愁孤寂。
　　让我摸摸你的脸，
　　口边蓬蓬像树藓，
　　你喉头有个桃核，
　　你肌肉好多强健；
　　但是你胸前不如

我又嫩又软又肥——
我们原来两样的，
我又希奇又欢喜。”
亚当：“你的声音很好听，
你的手怪招痒的，
你初来人地生疏，
等我慢慢指导你，
昨晚我在睡梦里，
上帝从我变出你；
你的肉是我的肉，
你我原来是一体，
不过我男你是女。”
夏娃：“我叫你夫你叫我妻，
千年万年不分离！
我觉得心头狂跳，
方才一阵清风过，
吹来树上鲜果味，
我想去——”
亚当：“谨记上帝的吩咐；
伊媵园里鲜果富，
樱桃梅李都可采，
独禁‘知识树’上果，

你须牢记在心头，
若然犯禁死无处。
如今我去折桑麻，
你在此地喂鸡鹅。”

二

蛇：“夏娃！”
夏娃：“谁啊！”
蛇：“原来你不认识我，
我是伊滕的圣蛇，
通天达地晓人事，
宇宙秘密无不知，
亚当是个蠢东西，
——嘻嘻！”
夏娃：“什么叫做‘嘻嘻’呢？”
蛇：“等我好好教导你。
嘻嘻是个笑声气；
我笑亚当泰腐气，
一心皈依信上帝。

伊甸园里最珍奇，

莫如‘知识树’上果；

你若偷采吃一枝，

宇宙密库顿开锁；

你的双眼会开放，

见红见紫见星光；

还有种种消息好，

吃了药儿便知晓——

嘻嘻！”

夏娃：“嘻嘻，多谢你，蛇儿，

是去采果儿吃也！”

三

亚当：“夏娃，替我搔搔背，

我有好东西给你。”

夏娃：你有什么好东西，

蛇儿笑你泰腐气。”

亚当：“蛇儿专出坏主意，

千万不可轻信伊。

我给你个桑乌都，

甜里带酸很有味。”

夏娃：“乌都算什么东西，

我的苹果才希奇；

今晚临睡吃下去，

明早张眼见天地！”

四

夏娃：“亚当！我见亮光了！

好一个美妙天地！

赶快睁开你眼皮，

你我准备见面礼！”

亚当：“你的疯话我不信，

那有眼皮会开闭——

咳，奇怪！果真两眼

有些发痒酸齑齑；

夏娃！夏娃！真希奇，

果然是光亮大地！”

夏娃：“不成！慢点儿过来。

你我原来是裸体！
不好了！快躲起来，
那边来的是上帝！”

（本诗于 1922 年作于英国，
原载于 1923 年 6 月 21 日《时事新报·学灯》）

花牛歌

花牛在草地里坐，
压扁了一穗剪秋萝。

花牛在草地里眠，
白云霸占了半个天。

花牛在草地里走，
小尾巴甩得的溜溜。

花牛在草地里做梦，
太阳偷渡了西山的青峰。

（本诗约作于 1923 年）

夜

一

夜，无所不包的夜，我颂美你！

夜，现在万象都像乳饱了的婴孩，在你大母温柔的怀抱中眠熟。

一天只是紧叠的乌云，像野外一座帐篷，静悄悄的，静悄悄的；

河面只闪着些纤微，软弱的辉芒，桥边的长梗水草，黑沉沉的像几条烂醉的鲜鱼横浮在水上，任凭惫懒的柳条，在他们的肩尾边撩拂；

对岸的牧场，屏围着墨青色的榆荫，阴森森的，像一座才空的古墓；那边树背光芒，又是什么呢？

我在这沉静的境界中徘徊，在凝神地倾听，……听不出青林的夜乐，听不出康河的梦呓，听不出鸟翅的飞声；

我却在这静温中，听出宇宙进行的声息，黑夜的脉搏与呼吸，听出无数的梦魂的匆忙踪迹；

也听出我自己的幻想，感受了神秘的冲动，在豁动他久敛的羽翮，准备飞出他沉闷的巢居，飞出这沉寂的环境，去寻访

黑夜的奇观，去寻访更玄奥的秘密——

听呀，他已经沙沙的飞出云外去了！

二

一座大海的边沿，黑夜将慈母似的胸怀，紧贴住安息的万象；

波澜也只是睡意，只是懒懒向空疏的沙滩上洗淹，像一个小沙弥在瞌睡地撞他的夜钟，只是一片模糊的声响。

那边岩石的面前，直竖着一个伟大的黑影——是人吗？

一头的长发，散披在肩上，在微风中颤动；

他的两肩，瘦的，长的，向着无限的天空举着——

他似在祷告，又似在悲泣——

是呀，悲泣——

海浪还只在慢沉沉的推送——

看呀，那不是他的一滴眼泪？

一颗明星似的眼泪，掉落在空疏的海砂上，落在倦懒的浪头上，落在睡海的心窝上，落在黑夜的脚边——一颗明星似的眼泪！

一颗神灵，有力的眼泪，仿佛是发酵的酒娘，作炸的引火，霹

霒的电子；

他唤醒了海，唤醒了天，唤醒了黑夜，唤醒了浪涛——真伟大的革命——

霎时地扯开了满天的云幕，化散了迟重的雾气，

纯碧的天中，复现出一轮团圆的明月，

一阵威武的西风，猛扫着大宝的琴弦，开始，神伟的音乐。

海见了月光的笑容，听了大风的呼啸，也像初醒的狮虎，摇摆咆哮起来——

霎时地浩大的声响，霎时地普遍的猖狂！

夜呀！你曾经见过几滴那明星似的眼泪？

三

到了二十世纪的不夜城。

夜呀，这是你的叛逆，这是恶俗文明的广告，无耻，淫猥，残暴，肮脏——表面却是一致的辉耀，看，这边是跳舞会的尾声，

那边是夜宴的收梢，那厢高楼上一个肥狠的犹大，正在奸污他钱掳的新娘；

那边街道的转角上，有两个强人，擒住一个过客，一手用刀割断他的喉管，一手掏他的钱包；

那边酒店的门外，麇聚着一群醉鬼，蹒跚地在秽语，狂歌，音似钝刀刮锅底——

幻想更不忍观望，赶快的掉转翅膀，向清净境界飞去。

飞过了海，飞过了山，也飞回了一百多年的光阴——

他到了“湖滨诗侣”的故乡。

多明净的夜色！只淡淡的星辉在湖胸上舞旋，三四个草虫叫夜；

四围的山峰都把宽广的身影，寄宿在葛濑士迷亚柔软的湖心，沉酣的睡熟；

那边“乳鸽山庄”放射出几缕油灯的稀光，斜偻在庄前的荆篱上；

听呀，那不是罪翁①吟诗的清音——

The poets who in earth have made us heir
Of truth a pure delight by heavenly lays!
Oh! Might my name be numbered among their,
The glady bowld end my untal days!
诗人解释大自然的精神，
美妙与诗歌的欢乐，苏解人间爱困！
无羡富贵，但求为此高尚的诗歌者之一人，
便撒手长瞑，我已不负吾生。
我便无憾地辞尘埃，返归无垠。

他音虽不亮，然韵节流畅，证见旷达的情怀，一个个的音符，

①罪翁：指骚塞，是英国湖畔派的代表诗人之一。

都变成了活动的火星，从窗棂里点飞出来！飞入天空，仿佛一串鸢灯，凭彻青云，下照流波，余音洒洒的惊起了林里的栖禽，放歌称叹。

接着清脆的嗓音，又不是他妹妹挑绿水（Dorothy）的？

呀，原来新染烟癖的高柳列奇（Coleridge）[①] 也在他家作客，三人围坐在那间湫隘的客室里，壁炉前烤火炉里烧着他们早上在园里亲劈的栗柴，在必拍的作响，铁架上的水壶也已经滚沸，嗤嗤有声：

To sit without emotion, hope or aim
In the loved pressure of my cottage fire,
And bisties of the flapping of the flame
Or kettle whispering its faint under song,
坐处在可爱的将息炉火之前，
无情绪的兴奋，无冀，无筹营，
听，但听火焰，飏摇的微喧，
听水壶的沸响，自然的乐音。

夜呀，像这样人间难得的纪念，你保了多少……

①高柳列奇（Coleridge）：英国诗人、文评家，英国湖畔派代表诗人之一。

四

他又离了诗侣的山庄，飞出了湖滨，重复逆溯着汹涌的时潮，到了几百年前海岱儿堡(Heidel-berg)的一个跳舞盛会。

雄伟的赭色官堡一体沉浸在满目的银涛中，山下的尼波河(Nubes)在悄悄的进行。

堡内只是舞过闹酒的欢声，那位海量的侏儒今晚已喝到第六十三瓶啤酒，嚷着要吃那大厨里烧烤的全牛，引得满庭假发粉面的男客、长裙如云的女宾，哄堂的大笑。

在笑声里幻想又溜回了不知几十世纪的一个昏夜——眼前只见烽烟四起，巴南苏斯的群山点成一座照彻云天大火屏，远远听得呼声，古朴壮硕的呼声，——“阿加孟龙打破了屈次奄，夺回了海伦①，现在凯旋回雅典了，希腊的人民呀，大家快来欢呼呀！——

阿加孟龙，王中的王！”

这呼声又将我幻想的双翼，吹回更不知无量数的由旬，到了一个更古的黑夜，一座大山洞的跟前；

一群男女，老的、少的、腰围兽皮或树叶的原民，蹲踞在一堆柴火的跟前，在煨烤大块的兽肉。猛烈地腾窜的火花，照出他们强

①海伦：《荷马史诗》中的美女，阿伽门农的妻子，因与特洛伊王子私奔而引发了特洛伊战争。

固的躯体，黝黑多毛的肌肤——这是人类文明的摇荡时期。

夜呀，你是我们的老乳娘！

五

最后飞出了气围，飞出了时空的关塞。

当前是宇宙的大观！

几百万个太阳，大的小的，红的黄的，放花竹

似的在无极中激震，旋转——

但人类的地球呢？

一海的星砂，却向那里找去，

不好，他的归路迷了！

夜呀，你在那里？

光明，你又在那里？

六

“不要怕，前面有我。”一个声音说。

“你是谁呀？”

“不必问，跟着我来不会错的。我是宇宙的枢纽，我是光明的泉

源，我是神圣的冲动，我是生命的生命，我是诗魂的向导；不要多心，跟我来不会错的。”

“我不认识你。”

“你已经认识我！在我的眼前，太阳，草木，星，月，介壳，鸟兽，各类的人，虫豸，都是同胞，他们都是从我取得生命，都受我的爱护，我是太阳的太阳，永生的火焰；

你只要听我指导，不必猜疑，我叫你上山，你不要怕险；我教你入水，你不要怕淹；我教你蹈火，你不要怕烧；我叫你跟我走，你不要问我是谁；

我不在这里，也不在那里，但只随便那里都有我。若然万象都是空的幻的，我是终古不变的真理与实在；

你方才遨游黑夜的胜迹，你已经得见他许多珍藏的秘密，——你方才经过大海的边沿，不是看见一颗明星似的眼泪吗？——那就是我。

你要真静定，须向狂风暴雨的底里求去；

你要真和谐，须向混沌的底里求去；

你要真平安，须向大变乱，大革命的底里求去；

你要真幸福，须向真痛里尝去；

你要真实在，须向真空虚里悟去；

你要真生命，须向最危险的方向访去；

你要真天堂，须向地狱里守去；

这方向就是我。

这是我的话，我的教训，我的启方；

我现在已经领你回到你好奇的出发处，引起你游兴的夜里；

你看这不是湛露的绿草，这不是温驯的康河？愿你再不要多疑，听我的话，不会错的——我永远在你的周围。”

一九二二年十月康桥

（本诗作于1922年7月，

原载于1923年12月1日《晨报·文学旬刊》第19号）

山中大雾看景

这一瞬息的展雾——

是山雾

是台幕

这一转瞬的沉闷，

是云蒸，

是人生？

那分明是山，水，田，庐，

又分明是悲，欢，喜，怒，

啊，这眼前刹那间开朗，

我仿佛感悟了造化的无常。

（原载于1924年12月5日《晨报·文学旬刊》）

八月的太阳

八月的太阳晒得黄黄的，
谁说这世界不是黄金？

小雀在树荫里打盹，
孩子们在草地里打滚。

八月的太阳晒得黄黄的，
谁说这世界不是黄金？

金黄的树林，金黄的草地，
小雀们合奏着欢畅的清音；

金黄的茅舍，金黄的麦屯，

金黄是老农们的笑声。

（本诗约作于1923年，

原载于1937年1月《文学》第8卷）

一个噩梦

我梦见你——呵，你那憔悴的神情：
手捧着鲜花腼腆的做新人。
我恼恨——我恨你的负心，
我又不忍，不忍你的疲损。

你为什么负心？我大声的诃问，——
但那喜庆的闹乐侵蚀了我的恚愤；
你为什么背盟？我又大声的诃问——
那碧绿的灯光照出你两腮的泪痕！

仓皇的，仓皇的，我四顾观礼的来宾——
为什么这满堂的鬼影与逼骨的阴森？

我又转眼看那新郎——啊，上帝有灵光！——

却原来，偎傍着我爱，是一架骷髅狰狞！

（原载于1924年11月2日《晨报副刊》）

悲　思

悲思在庭前——
不；但看
新萝憨舞，
紫藤吐艳，
蜂恣蝶恋——
悲思不在庭前。

悲思在天上——
不；但看
青白长空，
气宇晴朗，
云雀回舞——
悲思不在天上。

悲思在我笔里——

不；但看

白净长毫，

正待抒写，

浩坦心怀——

悲思不在我的笔里。

悲思在我纸上——

不；但看

质净色清，

似在靦盼，

诗意春情——

悲思不在我的纸上。

悲思莫非在我……

心里——

心如古墟，

野草不株，

心如冻泉，

冰结活源，

心如冬虫，

久蛰久噤——

不，悲思不在我的心里！

五月十三日

（本诗原载于1923年5月20日《努力周报》第53期）

默　境

我友，记否那西山的黄昏，
钝氤里透出的紫霭红晕，
漠沉沉，黄沙弥望，恨不能
登山顶，饱餐西陲的菁英，
全仗你吊古殷勤，趋别院，
度边门，惊起了卧犬狰狞。
墓庭的光景，却别是一味
苍凉，别是一番苍凉境地：
我手剔生苔碑碣，看冢里
僧骸是何年何代，你轻踹
生苔庭砖，细数松针几枚；

不期间彼此缄默的相对，

僵立在寂静的墓庭墙外，

同化于自然的宁静，默辨

静里深蕴着普遍的义韵；

我注目在墙畔一穗枯草，

听邻庵经声，听风抱树梢，

听落叶，冻乌零落的音调，

心定如不波的湖，却又教

连珠似的潜思泛破，神凝

如千年僧骸的尘埃，却又

被静的底里的热焰熏点；

我友，感否这柔韧的静里，

蕴有钢似的迷力，满充着

悲哀的况味，阐悟的几微，

此中不分春秋，不辨古今，

生命即寂灭，寂灭即生命，

在这无终始的洪流之中，

难得素心人悄然共游泳；

纵使阐不透这凄伟的静，

我也怀抱了这静中涵濡，

温柔的心灵；我便化野鸟飞去，翅羽上

也永远染了欢欣的光明，我

便向深山去隐，也难忘你游目云天，

游神象外的 Transfiguration。

我友！知否你妙目——漆黑的

圆睛——放射的神辉，照彻了

我灵府的奥隐，恍如昏夜

行旅，骤得了明灯，刹那间

周遭转换，涌现了无量数

理想的楼台，更不见墓园

风色，再不闻衰冬吁喟，但见

玫瑰丛中，青春的舞踏与欢容，

只闻歌颂青春的

谐乐与欢悰；——

轻捷的步履，

你永向前领，欢乐的光明，

你永向前引：我是个崇拜

青春，欢乐与光明的灵魂。

（原载于1923年4月20日《时事新报·学灯》）

她在那里

她不在这里，
她在那里：——

她在白云的光明里：
在澹远的新月里；

她在怯露的谷莲里：
在莲心的露华里；

她在膜拜的童心里：
在天真的烂漫里；

她不在这里，

她在自然的至粹里！

（本诗作于 1925 年前后）

给母亲

母亲，那还只是前天，
我完全是你的，你唯一的儿；
你那时是我思想与关切的中心：
太阳在天上，你在我的心里；
每回你病了，妈妈，如其医生们说病重，
我就忍不着背着你哭，
心想这世界的末日快来了；
那时我再没有更快活的时刻，除了
和你一床睡着，我亲爱的妈妈，
枕着你的臂膀，贴近你的胸膛，
跟着你和平的呼吸放心的睡熟，
正像是一个初离奶的小孩。

但在那二十几年间

虽则那样真挚的忠心的爱；
我自己却并不知道；“爱”那个不顺口的字，
那时不在我的口边，
就这先天的一点孝心完全浸没了
我的天性与生命。
这来的变化多大呀！
这不是说，真的，我不再爱你，
妈！或是爱你不比早年，那不是实情；
只是我新近懂得了爱，
再不像原先那天真的童子的爱，
这来是成人的爱了；
我，妈的孩子，已经醒起，并且觉悟了
这古怪的生命要求；

生命，它那进口的大门是
一座不灭的烈焰——爱——
谁要领略这里面的奥妙，
谁要觉着这里面的搏动，
(在我们中间能有几个到死不留遗憾的！)
就得投身进这焰腾腾的门内去——

但是，妈，亲爱的，让我今天明白的招认
对父母的爱，孝，不是爱的全部；

那是不够的；迟早有一天，
这“爱人”化的儿子会得不自主的
移转他那思想与关切的中心，
从他骨肉的来源，
到那唯一的灵魂，
他如今发现这是上帝的旨意
应得与他自己的融合成一体——

自今以后——
不必担心，亲爱的母亲，不必愁，
你唯一的孩儿会得在情感上远着你们——
啊不，你正应得欢喜，妈妈呀！
因为他，你的儿，从今起能爱，
是的，能用双倍的力量来爱你，
他的忠心只是比先前益发的集中了；
因为他，你的孩儿，已经寻着了快乐，
身体与灵魂，
并且初次觉着这世界还是值得一住的，
他从没有这样想过，
人生也不是过分的刻薄——
他这来真的得着了他应有名分，
因此他在感激与欢喜中竟想
赞美人生与宇宙了！

妈呀“我们俩”赤心的，联心的爱你，
真真的爱你，
像一对同胞的稚鸽在睡醒时
爱白天的清光。

八月一日，一九二五

（作于1925年8月1日，原载于1925年8月31日《晨报副刊》）

荒凉的城子

我眼前暗沉沉的地面，

我眼前暗森森的诸天。

她，——我心爱的，哪里去了，——那女子，

她的眼明星似的闪耀？

我眼前一片凄凉的街市。

我眼前一片凄凉的城子。

灾难后的城子，只剩有

剐残的人尸。

黎明时我忧忡忡的起身，

打开我的窗棂，

进来的却不是光明，进来的

是鲜明的爱情。

树枝上的鸟雀已经苏醒起，
我倾听他们的歌音；
他们各自呼唤着他们的恋情；
就只我是孤身。
这是生命与快乐的时辰，
我在我心里说话。
各个的生物有他的欢欣，
在阳光中过他的生活，
他们在各个同伴的眼内寻着。
光明，那怜惜的光明，
这是相互怜惜的时候，这是
相互爱恋的光阴。

说话呀！荒凉的城子！说话呀！
凄凉中的寂静！
她，我挚爱的，哪里去了，
她，认识我的魂灵？
那热情的眼如今在哪里？
曾经对着我的眼含情的凝睇？
那亲吻我的香唇如今在哪里？
在哪里，那酥胸曾经我的
胸怀偎依？

说话呀，你我灵魂的灵魂：

我心里的情怀已经默起，

告诉我，在那毁灭与恐怖的日子

你遁迹在哪里？

看呀，我的手臂依旧抱着你，

抱着你是抱着天体，

看呀，我的心愿依旧靠傍着你，

我的心愿充塞着大地。

我不禁在忧伤中悲诉，

我离开了窗前，我转过身去，

我向着楼梯，走出门去

走上空虚的街去，

在忧伤中放声的哀恸，

可怜再没有人责我的过戾，

谁嘲讽我的软弱，更有

谁怜悯我的眼泪？

（本诗约作于1925年前后）

再不迟疑

我不辞痛苦，因为我要认识你，上帝；
我甘心，甘心在火焰里存身，
到最后那时辰见我的真，
见我的真，我定了主意，上帝，再不迟疑！
……
我再不想成仙，蓬莱不是我的分；
我只要这地面，情愿安分的做人。

（原载于 1925 年 10 月 5 日《晨报副刊》）